D'EXCELLENTE FAMILLE

Laurence Deflassieux vit à Paris. Diplômée de l'Institut d'art et d'archéologie, elle a d'abord été journaliste, spécialisée dans les Beaux-Arts. De 1993 à 1998, elle anime des séminaires de formation comportementale tandis que son intérêt pour la Grèce antique la conduit à entreprendre des recherches archéologiques et épigraphiques dans la région de Thessalonique. En 1999, son mémoire sur Béroia, cité de Macédoine, étude de topographie antique est publié chez De Boccard. *D'excellente famille* est son premier roman.

Laurence Deflassieux

D'EXCELLENTE FAMILLE

ROMAN

Éditions du Seuil

TEXTE INTÉGRAL

ISBN 2-7578-0006-X
(ISBN 2-02-065537-3, 1re publication)

À Édith de Précigout

Non seulement Jésus était le Fils de Dieu, mais il était d'excellente famille du côté de sa mère.

Mgr Hyacinthe Louis de Quelen,
archevêque de Paris (1821-1839)

Avertissement

Toute ressemblance avec des personnes existant ou ayant existé ne saurait être fortuite, cet ouvrage reposant sur des faits bien réels et récents. Seuls les noms propres ont été modifiés.

Principaux personnages

- amiral d'Arbrun (1885-1938) = Yvonne de Briscard (1891-1964)
  - **Gisèle** (1920) = général Albert Le Bléveau baron (1912-1970)
    - Octave (1945) = Henriette Henrieux (1948)
    - Marc-Aurèle (1948) = Victoire d'Aycard (1950)
    - **Fiona** (1950) = Delfino Tarquini (1938)
    - **Suzanne** (1950) = Pierre Schlumpf (1945)
  - **Berthe** (1923) = Hélie de Larochemigène duc et pair de France (1919)
    - Hélie-Anne (1947) = Laure d'Herta (1950)
    - Marie-Bénédicte (1950) = Thégonnec de Kerrosenn (1948)
    - Foulques (1956) = Isaure de Bonnibus (1957)

1

Vacances, 1964

D'un château l'autre

> Et ils seront, dit le général, des chrétiens fervents et des jeunes gens accomplis. Et ils feront de bons mariages.
>
> Comtesse de Ségur,
> *Le Général Dourakine*

Fiona à Suzanne

Charlemont, le 17 juillet 1964

Ma jumelle préférée,

Quelle barbe de passer l'été sans toi ! Je m'ennuie à crever en compagnie des cousins, oncles, tante, père Moufle et autres poussiéreux de service.

À Charlemont, rien n'a bougé d'un poil depuis l'an dernier, voire depuis Charles le Chauve. Oncle Hélie, absorbé par de rudes besognes, débite des rondins, creuse des tranchées, extermine les taupes pendant que tante Berthe, toujours gémissante et larmoyante, course chaque matin oncle Raoul, qui ne porte pas tellement de pantalons, pour qu'il enfile au moins un calecif.

Je dois dire que nous vivons grâce à oncle Raoul de palpitantes aventures, dignes des « Fioretti » dont nous bassine sœur Marie de l'Espérance à

Dupanloup. Derniers épisodes : « Comment le petit oiseau de Raoul le Simplet apparut aux yeux étonnés de Marie-Bénédicte et au grand effarement de tante Berthe », suivi de « De l'entretien qu'oncle Raoul eut avec une courgette ». Notre « saint François d'Assise de l'Oise », comme l'appelle oncle Hélie, très indulgent envers son frérot, distrait la galerie à peu de frais. (Crois-tu que le Vrai Saint se baladait à poil et parlait AUSSI aux légumes ?) La suite au prochain numéro.

Quant à notre beau cousin Hélie-Anne, il se prend pour Tarzan et passe ses journées dans les arbres à sauter de branche en branche. Futur duc et pair, peut-être, chaînon manquant, c'est sûr !

Il ferait mieux de rester planqué dans son arbre généalogique, là où nichent – bien au chaud, entre un maréchal de France, deux cardinaux et trois gardes des Sceaux – Hélie-Philibert, fringant mousquetaire qui trépassa en 1628 pendant le siège de La Rochelle, étouffé par un pilon de poulet, Hélie-Boson, inventeur d'un taupicide explosif de son cru (manie héréditaire ?) grâce auquel, en l'an 1786, il anéantit d'un seul coup l'aile gauche du château, son fils cadet et deux femmes de chambre, ou encore la grand-tante Adélaïde, qui berça, jusqu'à sa mort en 1862, deux louches en argent et une écumoire, tristes mais silencieux simulacres de ses enfants morts en bas âge.

J'ai trouvé ces informations rigolotes dans un bouquin, bien plus instructif que « L'Écusson des Charlemont » (et non les Charlemont sont des culs), cher à tante Berthe, « Petits Secrets des grandes familles », prêté par le père Moufle. Un pur régal ! À mon avis, l'aumônier se venge ainsi des vexations infligées par oncle Hélie à chaque repas dominical (« Un seul verre de vin, mon père. Deux, ce serait péché d'intempérance pour vous, et pour moi incitation à la débauche. »)

Unique changement à signaler, notre cousine Marie-Bénédicte a étrenné un serre-tête écossais, beaucoup plus large que le précédent et qui aurait peut-être permis à son QI de prendre son envol. Hélas non ! Elle est toujours aussi cul, mais bonne fille et pas pimbêche. Son idole de l'été est l'abominable Claude François, l'agité glapissant, dont elle ulule les rengaines à longueur de temps. Si j'avais un marteau, je lui exploserais son Teppaz.

Contrairement à son aîné, Foulques est très en avance pour son âge (huit ans). Il saisit – c'est le mot – toutes les occasions de me peloter les fesses et de me tripoter les seins. Son dieu à lui, c'est Frank Alamo (« Biffe, ô ma biffe, lorfque tu fou-lignes au crayon noir tes volis vieux »). Quand je lui ordonne de la boucler, des clous ! Il braille plus fort. Quelle fatigue !

Passons à oncle Hélie. Il s'est fait sucrer son permis de conduire pour excès de vitesse et, probablement, de boisson et il n'a même plus le droit de piloter son tracteur. Le voilà réduit à circuler sur une pauvre mobylette. C'est un crève-cœur de le voir foncer à travers champs, tête baissée, son large séant débordant de la selle, tel un preux chargeant l'Anglois dans la plaine d'Azincourt. Le cheval serait de meilleur aloi pour un gentilhomme de sa lignée. Lui qui le 14 juillet, pour contrebalancer les « pantalonnades républicaines », nous gonfle les hélices avec les exploits de l'ancêtre qui tutoyait Hugues Capet, des aïeux qui n'ont loupé aucune croisade (ou alors se sont fait excuser) et de la trisaïeule – une mocheté, si l'on en juge par le portrait du salon bleu – qui eut l'« insigne honneur de partager la couche de Louis XVIII ». Elle ne devait pas avoir trop de place, à voir la circonférence de Sa Majesté Gros Lard, c'est moi qui te le dis.

Pour en finir avec les « belles histoires de l'oncle Hélie », il paraît que notre grand-père maternel, l'amiral d'Arbrun, portait le joli surnom de Brownzob dans la marine.

Devoir de vacances : devine les sobriquets de Darlan, d'Arvieux, d'Harcourt.

Tu n'es pas tenue d'y répondre, car tu as fort à faire à l'île de Ré, entre la plage, le tennis, les copains (comment va le joli Thégonnec de Kerrosenn ?), les régates de 420 et la Pergola, les soirs où tu fais le mur !

Ma seule consolation, c'est que tu dois te farcir Maman et ses amabilités (« Ma pauvre Suzon, tu ne grandiras donc jamais ! », « Quelle coiffure ridicule ! ») et deux heures de piano quotidiennes sous la surveillance ramollie et bienveillante de notre cher Vlado Afrossimov.

Bises, ma bonne Pirlouit.

Fiona, qui s'enquiquine comme un rat mort

Suzanne à Fiona

Ars-en-Ré, le 29 juillet 1964

Ma grande,

Avis de tempête sur le front maternel. Mère déchaînée parce que notre petit père s'est autorisé à partir une semaine en croisière à Noirmoutier. Voilà un homme qui, même dans le civil, mène dangereusement sa barque.

Second drame : il a invité pour un week-end la famille d'un officier OAS emprisonné à Saint-Martin. Elle voulait les envoyer coucher chez l'habitant, mais Papa a tenu bon. Heureusement qu'il fait obstacle aux actions malveillantes de Maman (« Ah non, Albert ! Ma maison n'est pas un hôtel ! »), sinon nous serions au fond du trou.

Elle se dit toujours harassée et passe ses journées couchée (sieste, chaise longue, plage, canapé, plumard). Si elle se lève, c'est pour foncer chez le médecin ou dîner chez des amis (de Papa, of course : qui peut-elle aimer en dehors d'elle ?). À part compter ses sacs à main et se faire les ongles, je ne vois pas ce qui l'épuise.

Elle a engagé pour l'été une petite bonne très croquignolette. De mauvaises langues chuchotent que c'est une vraie coquine qui s'est envoyée toute l'île, et peut-être même les deux Charentes. La Marilou n'hésite pas à faire des heures supplémentaires, horizontales et pleines de fantaisie, après son service, dixit Marc-Aurèle, notre propre frère, enthousiasmé par la nouvelle recrue.

J'ai vu Victoire d'Aycard, prétentiarde snobissime qui me toise du haut de ses dix-sept ans, et son cousin Thégonnec (dit Putois Retors). Il était tout triste d'aller à son camp scout sans Marc-Aurèle (dit Lapin Agile), qui part pour l'Écosse demain avec Octave. Les veinards ! Ils vont voir du pays. Papa leur a préparé un programme d'enfer, que j'ai subrepticement copié pour te distraire un peu.

Bien. Sœurette, je te quitte pour aller assaisonner « La Truite » à ma façon, assez peu schubertienne (tempo trepidissimo, variations rock'n'roll, digressions folâtres, estivales et échevelées).

Bises…

Suzanne

PS : J'allais oublier le plus important. Les frères iront une journée à Londres au retour. Pour Octave, direction le British Museum. Et pour Marc-Aurèle, les puces de Soho, d'où il rapportera des chemises à fleurs terribles et des shetlands bien courts et trois fois moins chers que chez Mayfair ou Renoma. Nous allons être belles comme des astres pour notre rentrée à La Fontaine.

Ci-joint une copie du courrier que Papa a confié aux frères (secret et confidentiel).

Ars-en-Ré, juillet 1964

Garçons,

Ultimes recommandations avant le départ pour St Andrews.

Faites montre d'un esprit ouvert, curieux, tolérant. Rappelez-vous Montaigne en voyage à Augsbourg, notant qu'un Allemand lui « fit plaisir de combattre l'incommodité de nos foyers par ce mesme argument dequoy nous nous servons ordinairement à condamner leurs poyles ».

Contrairement à ce que vous imaginez, l'Écosse est une contrée civilisée, francophile depuis Louis XI, et qui a vu naître, outre notre infortunée reine Marie Stuart, le whisky et surtout le golf.

Lord Macdow est le type même du parfait gentleman : excellent handicap de golf (1 ou 2), innombrables médailles militaires, ancêtres glorieux, clan prestigieux, femme exquise et deux ou trois enfants. Il compte vous faire jouer à St Andrews, La Mecque du golf, le Saint des Saints. C'est un pédagogue aux méthodes éprouvées qui DOIT vous faire progresser.

Rompez, garçons, et bon vent !

Votre père, A. L. B.

Ci-joint une lettre pour mon ami Gordon et deux feuilles de route (une pour chacun) à me remettre à votre retour, signées et attestées sur l'honneur.

Août 1964
Séjour à Lochdhu Castle
Octave et Marc-Aurèle

Feuille de route

Obligatoire
- Obéir à lord Macdow en tout
- Jouer au golf trois fois par semaine au moins
- Rapporter une bouteille de whisky ou plus
- Goûter le whisky
- Idem le haggis
- Parler et lire uniquement en anglais
- Ne pas jurer, même en anglais
- Se laver tous les jours
- Aller à la messe
- Écrire une fois à votre mère

Recommandé
- Améliorer votre handicap (Octave: 14, Marc-Aurèle: 25)
- Jouer une fois au rugby
- Participer à une chasse
- Lire un journal chaque jour

- Visiter les sites recommandés par lord Macdow
- Converser une fois par jour avec lady Angela (météo, botanique)
- Jouer avec les enfants
- Parler au personnel une fois par semaine
- Avoir une relation sexuelle avec une femme saine (une seule)

<u>Interdit</u>

- Rapporter du haggis
- Critiquer:
  la nourriture
  le climat
  l'accent
  le costume
  la musique
  la famille royale
  la France
  votre famille
- Avoir une relation avec le personnel
- Rapporter une maladie vénérienne
- Faire des gestes ou des mimiques déplacés
- Maltraiter les animaux ou les enfants

Albert Le Bléveau à lord Macdow
E. V.

Ars-en-Ré, le 28 juillet 1964

My lord,

Cher vieux Gordon,

Belle initiative de recevoir mes fils sur tes terres ! Je te les expédie avec joie. Ainsi, tu pourras jauger les bestiaux sur pied.

L'aîné, Octave, a besoin de s'aérer. Il moisit à vue d'œil en khâgne. Les activités viriles et de plein air qu'offre ta belle Écosse seront les bienvenues, tout comme une initiation à vos traditions séculaires (lancer de tronc de mélèze, bains de tourbe, danses sur fond de bag pipes, tournée des pubs…). Et pourquoi ne pas envisager une virée du même tonneau que celle que nous avons faite l'été 33 à Dundee ? Cela aurait un effet bénéfique sur Octave, timoré et renfermé, qui, à dix-neuf ans, ne connaît la vie qu'à travers les auteurs anciens, les pères de l'Église et d'obscurs poètes médiévaux. Sa coiffure « à la connétable », comme il dit – moi, j'appelle ça une coupe au bol –, témoigne bien de sa funeste passion pour les temps anciens.

Le second, Marc-Aurèle, possède un physique avantageux, doublé d'un bagout qui le mène à toutes sortes de folies, et il n'a pas seize ans ! Aussi, cher Gordon, s'il t'était possible de mettre un frein aux appétits animaux de ce gaillard, ainsi qu'à son goût précoce pour les mondanités, je t'en serais reconnaissant. Autre chose : Marc-Aurèle n'est pas fichu de rester en place plus de cinq minutes (sauf au lit, où il peut dormir vingt heures d'affilée). Il a du mal à se concentrer face à un ouvrage sérieux. Pourrais-tu faire en sorte de le maintenir, manu militari si nécessaire, devant d'honnêtes lectures une heure par jour minimum ?

Ton bon sens et ton esprit pratique, ajoutés à mes attentions de père vigilant, pourront peut-être faire de ces enfants des adultes équilibrés, sains et épanouis et, qui sait, de parfaits honnêtes hommes.

À charge de revanche. Je recevrai avec joie dans quelques années tes petits Malcolm et Bruce pour les initier aux rudiments de la culture française.

Porte, cher Gordon, mes respectueux hommages aux pieds de lady Angela.

Bien à toi et bon courage,

Bertie

PS : Je n'arrive pas à décoller de mon fichu handicap 12 depuis l'été 1957. Il faudrait que je te consulte sur mon swing défaillant.

PPS : J'apprends la mort de Maurice Thorez. Dieu lui pardonne ses crimes ! Déserteur en 40, stalinien de la première heure (même le rapport Khrouchtchev ne l'a pas ébranlé), le traître est encensé par la presse. Pauvre pays contaminé par la peste rouge et pauvre jeunesse sans mémoire qui se précipite cet été en Algérie, à Sidi-Ferruch, là où les troupes de Charles X débarquèrent, pour sympathiser avec l'ennemi d'hier. Mais ces enfants ignares et abreuvés de marxisme par des professeurs irresponsables ignorent à coup sûr cette plaisante coïncidence.

Gisèle Le Bléveau à Berthe de Larochemigène

Ars-en-Ré, 30 juillet 1964

Ma chère sœur,

Fiona est ravie de passer les vacances avec ses cousins. Tu es si gentille de l'accueillir cet été.

Grâce à toi, je vais pouvoir souffler enfin ! Tu ne mesures pas ta chance, Berthe, toi qui jouis d'une santé de fer et d'un personnel dévoué présent douze mois sur douze alors que je dois me passer des services de Paquita, qui file à Bilbao dès que ça lui chante ! Crois-tu que cela la trouble ? Pas le moins du monde. Dieu merci, grâce au « Phare de Ré », j'ai déniché une petite Rochelaise que je dois entièrement former : cuisine, service, repassage. C'est elle qui devrait me payer.

À propos : hier, nous avons dîné aux Portes avec les Casadesus – Gisèle toujours aussi élégante – chez Vlado Afrossimov, le professeur de piano des jumelles. Il paraît que Suzanne peut faire une carrière de pianiste si elle travaille plus. Quant à Fiona, elle ne semble douée pour rien, sinon se moquer du monde ! Merci encore, ma bonne Berthe.

Ta sœur qui t'embrasse,

Gisèle

PS : Hélie s'est-il décidé à placer ce pauvre Raoul dans une maison spécialisée ?

Berthe de Larochemigène à Gisèle Le Bléveau

Charlemont, le 1er août 1964

Ma petite Gisèle,

Quel bonheur de voir ta fille s'épanouir, si gaie, si espiègle ! Physiquement, Fiona a bien changé ; la voilà une petite femme à présent. Ses tenues la serrent de façon un peu indécente, aussi lui ai-je donné les robes de notre pauvre Maman, qui avait elle aussi une forte poitrine.

Quant à Suzanne, elle ne grandit guère, paraît-il. L'as-tu montrée à un médecin ? Vraiment, tes filles forment un drôle de jumelage pour le physique – car, pour le caractère, ce sont bien les mêmes têtes de mule !

Je t'avais signalé, l'été dernier, qu'elles mettaient une certaine mauvaise grâce à tricoter des carrés au point mousse pour les couvertures des indigents de la paroisse. Pas plus tard qu'hier, Fiona a hurlé que les couleurs étaient « à vomir », en accompagnant ces propos révoltants d'une mimique imagée mais vulgaire et d'un bruit dégoûtant, et qu'à la place des malheureux elle « préférerait crever de froid que se couvrir de ces mochetés ».

Je te le demande, Gisèle, où allons-nous, si nos propres enfants tiennent ces discours malséants ?

Autre sujet d'inquiétude, et tu ferais bien de passer le message à Albert : les jumelles lisent trop, et des livres peu recommandables. Le père Moufle dit que certains auteurs lus par Fiona cet été sont mis à l'index par le Vatican, notamment Marcel Aymé, Raymond Queneau et San-Antonio. Quant à moi, j'ai cherché en vain la famille de ce soi-disant comte de Lautréamont dans l'ANF. Eh bien, ce joli coco a usurpé son titre ! Son livre de chansons a l'air d'être une horreur.

Plus grave encore, Fiona refuse de communier car elle est agneau Styx ou quelque chose dans ce goût-là qui ne me semble pas bien catholique. À ce sujet, le père Moufle propose l'intervention d'un spécialiste en théologie, l'abbé Freluche, coauteur de « Vlan ! Réponses aux objections des ennemis de notre religion », ouvrage qui fermerait son clapet à ta fille. Si cet entretien n'était pas suffisant, nous pourrions recourir aux bons soins du père Vistemboire, exorciste du diocèse, qui a mis un terme, il y a un an, aux propos blasphématoires tenus tous les Vendredis Saints par deux bœufs possédés du Diable.

Je suis préoccupée car je crains que les jumelles

ne contaminent un jour mes enfants avec leurs idées révolutionnaires. Dieu les protège !

Mais parlons de choses plus légères. As-tu pensé à inscrire tes filles chez Baraduc ? Sinon, fais-le rapidement. À propos de cours de danse, j'ai donné à Fiona une amusante photo d'un bal où tu es au bras d'Albert en saint-cyrien avec son samovar sur la tête. Vous avez tous deux fière allure.

Pour répondre à ta question, pourquoi Hélie ferait-il enfermer son frère Raoul, esprit faible mais bon cœur, qui est inoffensif ? Il travaille au potager, où il seconde notre jardinier Félix, qui ne rajeunit pas.

« Heureux les simples d'esprit, car le royaume de Dieu leur appartient » (Béatitudes).

J'espère que tes garçons passent de belles vacances en Écosse.

Je t'embrasse affectueusement, ma chère sœur. Repose-toi bien.

Berthe

Suzanne à Fiona

Ars-en-Ré, le 18 août 1964

Chère sœurette,

Tu n'as pas l'air de rigoler à Charlemont ! Voici quelques minutes de lecture récréative avec la missive de Marc-Aurèle, envoyée d'Écosse. Tu es priée de m'envoyer la lettre de Tatave.

Lochdhu Castle, le 12 août 1964

Ma petite Suze,

Climat infect (10 degrés maximum), bouffe dégueu, accent ridicule, surtout dans le peuple, enfants à flinguer (onze ans et neuf ans), musique immonde – presque autant que les biniouseries bretonnes –, bâtiments lugubres… Mais je passe un séjour de rêve ! Je te raconterai tout, ou presque, à mon retour.

À ce sujet, le Nain Malfaisant ne cesse de m'espionner pour me débiner ensuite auprès de Papa.

Ce faux-cul dira qu'il ne fait que son devoir d'aîné et que c'est pour mon bien !

Ma chérie, tu adorerais lord Macdow, qui est le sosie parfait de Goofy (le copain ou le chien de Mickey) : membres maigrelets, sourcils broussailleux, œil ahuri, gueule débordant d'une cinquantaine de grosses dents jaunes plantées au petit bonheur la chance.

Les Macdow reçoivent souvent et bien (pour les invités, car pour la cuisine, beurk !). Dîner ultrachic l'autre soir, avec un VRAI cousin de la Queen, le duc de Badminton ou quelque chose d'approchant, pas joli non plus (oreilles éléphantesques, teint violet, haleine de pingouin) mais très drôle et s'exprimant, ô bonheur, dans un français parfait ! Il m'invite au bal de sa fille en octobre à Londres, auquel assisteront le prince Charles et sa sœur. Je piaffe déjà d'impatience !

L'autre soir, j'étais assis à côté d'une sorte de maharadjah enturbanné, emperlousé, endiamanté, emplumé, parlant avec un accent hilarant. Il me convie à chasser le tigre au Bengale. Plus classe que le lapin en Sologne, non ?

À propos de chasse, lord Macdow me prie de transmettre ses amitiés à oncle Hélie, qu'il côtoie à la chasse en Autriche et en Espagne. Le grand monde est petit, c'est dingue !

Malgré ses trente-six ans, lady Angela est encore ravissante, amusante et très élégante.

Ton frère qui t'embrasse fort,

Marc-Aurèle

PS : Tu as le droit de transmettre cette lettre à Fiona.

Octave à Fiona

Lochdhu Castle, le 12 août 1964

Petite sœur,

Tu dois passer un bel été à Charlemont, ma Fiona, à jouer au croquet, à faire des patiences, à cueillir des framboises, à broder sous les tilleuls en devisant gentiment ! Dis au père Moufle que les déjeuners dominicaux en sa docte compagnie me manquent.

À St Andrews, tout est parfait. Région splendide, sites grandioses, nourriture pittoresque, pas de fantômes à l'horizon, climat intéressant. Selon lord Macdow, « l'été dernier a été magnifique, je me souviens que c'était un jeudi ».

Pendant la première semaine, j'ai visité châteaux, abbayes, églises, musées en compagnie de Marc-Aurèle et de lady Angela, qui a huit ans d'âge mental et glousse à chaque mot du Grand Niais.

Maintenant, mes jours sont réglés comme du papier à musique. Le matin, golf sur l'Old Course avec lord Macdow, peu causant et avare de commentaires – « good shot », « bad luck », c'est tout – mais remarquable professeur aux méthodes originales (détails à mon retour). Il lui arrive de faire deux parcours quotidiens, suivis d'une épreuve rudement sportive aussi : ingurgiter sans faiblir une bière, un whisky, une bière, un whisky, etc., jusqu'à plus soif ! Pour ma part, je me suis évanoui à la troisième tournée. Gordon en tient facilement dix-sept sans vomir. Quel type ! Le record à battre (trente-deux tournées) a été établi par son oncle Wallace en 1924, comme l'atteste une inscription en lettres d'or au bar du club-house.

Je passe chaque après-midi à la bibliothèque du château, vaste comme une cathédrale, où je reste plongé des heures dans de vieux ouvrages du plus haut intérêt historique. J'y retourne parfois la nuit. Personne ne m'y dérange, et surtout pas Marc-Aurèle, qui me fiche en effet une paix royale, tout occupé qu'il est à faire le joli cœur avec lady Angela.

Je t'ai trouvé le dernier disque des Beatles. À ce propos… Fatigué de voir comparer ma coiffure à celle de vos idoles, je me suis fait raser la tête ou presque. Lord Macdow ne m'appelle plus que le Dernier des Mohicans.

Voilà, petite sœur, les bonnes nouvelles de la magnifique Écosse. Sois sage et respectueuse, évite de parler politique et tâche de retrouver ta foi d'enfant.

Octave, qui t'embrasse très fort !

Gisèle à Berthe

Ars-en-Ré, le 27 août 1964

Chère Berthe,

Un petit mot d'Albert pour te rassurer au sujet de Fiona. Je n'ai aucune idée de ce que ma fille trafique avec tous ces livres et je ne me soucie guère de ses crises de foi ! Elle est dans l'âge bête, autant que sa jumelle, un point c'est tout !

Gisèle

Chère belle-sœur,

Gardez votre sang-froid et cessez d'écrire des âneries. Cette histoire d'exorciste et de bovin sacrilège m'a d'abord fait rire puis m'a glacé le sang.

Oui, les jumelles lisent avec plaisir d'excellents livres de ma bibliothèque, que je leur conseille avec discernement. Et quand leurs amies se délectent des niaiseries de Gilbert Cesbron, A. J. Cronin ou Jacques Prévert, Fiona et Suzanne sont plongées dans Dumas, Stevenson, Kipling, Poe, Allais, Blondin, Apollinaire, et tant d'autres écrivains que je vous engage à lire au plus vite. C'est le plus beau cadeau que je peux leur offrir.

Ma petite Fiona, dont l'amie Claire est morte en mai, trouvera un écho à sa peine dans « Les Frères Karamazov » et non en écoutant les hallucinants discours de l'abbé Freluche, qui aurait fait une grande carrière pendant l'Inquisition. J'ai entendu ses sermons de carême, qui font froid dans le dos.

Chère Berthe, vous avez cependant toute latitude pour reprendre ma fille, qui peut être grossière et insolente, j'en témoigne. C'est une provocatrice-née, comme Suzanne, dont il ne faut pas prendre toutes les déclarations au pied de la lettre. Vos armes les plus efficaces seront l'humour et le bon sens.

Je vous fais confiance et vous embrasse fraternellement.

Albert

Octave et Marc-Aurèle à Gisèle

Octave et Marc-Aurèle à Gisèle

Lochdhu Castle, le 28 août 1964

Chère Maman,
Tout va pour le mieux. Continuez de vous reposer. Nous vous embrassons.
Vos fils,

Octave et Marc-Aurèle

Fiona à Gisèle

Charlemont, le 29 août 1964

Chère Maman,

Comme vous étiez charmante à seize ans en tenue d'équitation et comme votre partenaire était beau (enfin, presque autant que Papa) ! Tante Berthe m'a donné un album de photos superbes de vos premières années (1920-1936). Vous nous les commenterez à notre retour, car vous aviez l'air de vous amuser follement à cette époque !

Papa m'a annoncé que nous étions acceptées au lycée La Fontaine et que le cours Dupanloup ne nous souhaitait pas bonne chance. Voilà qui est bien.

Reposez-vous en paix. Je vous embrasse.

Fiona

COMPTE RENDU DU SÉJOUR EN ÉCOSSE

Octave

Dans le train,
le 30 août 1964

Mon cher Papa,

Toutes vos instructions ont été suivies À LA LETTRE, hormis l'une d'elles. Vous savez que, tel un soldat de saint Ignace de Loyola, je vous obéis « perinde ac cadaver », mais j'ai juré devant Dieu de ne connaître la Femme qu'au soir de mes noces. Ne m'en tenez pas rigueur.

Octave, qui jure sur l'honneur
avoir suivi pas à pas votre feuille de route

PS : Marc-Aurèle s'est comporté comme un soudard. Je n'en dirai pas plus.

Marc-Aurèle

Dans le train,
le 30 août 1964

Pardon, mon cher Papa,

Toutes vos recommandations étaient réellement intéressantes mais j'ai été dès mon arrivée

« enlevé » par lady Angela, qui s'embête comme un rat mort à St Andrews. Elle m'a appris, en anglais of course, toutes sortes de choses éducatives et amusantes que vous n'aviez pas prévues.

Faute de temps, je n'ai pas pu suivre toutes vos directives. Croyez que je le regrette. Pour le whisky, je rapporte deux caisses du meilleur, cadeau pour vous de la part de lord Macdow. Quant au haggis, j'ai cru à une blague, mais non.

Je suis prêt à retourner chez lord Macdow l'an prochain si vous le désirez.

Marc-Aurèle

Compte rendu de Lord Macdow au général Albert Le Bléveau

Lochdhu Castle, le 5 septembre 1964

Mon général, dear Bertie,

Magnifiques moments avec tes garçons (j'écris le français alors peut-être tu dois pardonner ma vocabulaire). Ceci est mon rapport.

Octave : il a bien démoisi pace que du golf tous les matins, 8 heures-12 heures (pas dimanche, le messe). Alors je dis le golf d'Octave est : mauvais stance, mauvais grip, mauvais back swing, mauvais swing. Aujourd'hui sa handicap, elle est 10, ou 9. Très concentré par mon méthode : au practice, caché derrière une arbre, je fais du bruit avec la sifflet, ou le clairon, ou le cor, ou la fusil. Ou alors avec mon bouche, je fais le chien ou le vache. Octave, il ne « moufte » plus, comme il dit (au début, il était presque évanoui avec la peur). Good boy, vraiment.

Pour le rugby, c'est NON. Ton idée, il est mauvaise, parce que Octave il est fragile comme une œuf. L'équipe du village a lancé ton garçon très loin presque entre les poteaux, alors le nez, il a transformé (en travers, maintenant) mais aussi, l'essai, il n'est pas (transformé).

À la chasse au rouge cochon, il y avait pluie, soleil, vent et beaucoup de le neige. Dans traverse le rivière très remuée et froide, de l'eau il a rentré dans son botte et Octave il a coulé dessous et il était presque mort, mais non. La cochon il est (mort). Pour l'équipée « Dundee 1933 » – vous te rappeler comme il était bon et amusant ? – je mets Octave dans le même maison, mais il ne veut pas avoir la relation avec la jeune dame. Moi alors, j'ai eu pour pas perdre mon monnaie (suis-je écossais, non ?). Si délicieux, réellement.

Marc-Aurèle : (j'appelle lui Imperator, alors il rigole).

Pour golf, il est nul. Pas possible à Old Course. Pas bon concentration parce qu'il parle trop tout le temps et regarde tous la gens trop partout.

Pour rugby, il a peur mettre son joli nez comme Octave et il dit que les joueurs puent comme le haggis (mais non, beaucoup moins fort). Il dit préfère faire de la course avec lady Angela à Edinburgh.

C'est le même chose pour le chasse. Angela le veut lui jouer aux cartes ou toute autre sorte de choses.

Le haggis, Marc-Aurèle il vomit et il pleure. Mais il adore le whisky vraiment. Je donne lui douze bouteilles de vieilles.

Pour lecture, je cherchais le truc et c'est le matin, Marc-Aurèle lit un journal très fort avec Angela et ils rigolent fort aussi parce que l'accent de ton garçon, tu crois que c'est pas possible. Tu tombes de ton chaise.

Marc-Aurèle et Angela font encore beaucoup les visites l'après-midi et c'est bien ! Je peux jouer plus le golf et elle fait moins le gueule. Donc, cher Bertie, tout le monde était vraiment content avec tes fils. Ils reviennent beaucoup et souvent. J'espère. Angela aussi.

Une grande merci pour le grande bouteille de le vieux Armagnac.

Yours ever,

Gordon

Une petite mot d'Angela. Vous excuse sa français.

Chère Gisèle,

Tu as fait le folie avec cette jolie foularde Hermès. Gordon dit moi que j'ai une air de Princesse Grace quand je mets lui sur mon cheveu. Meilleurs regards,

Angela

2

HÉRITAGE, 1966

Les malheurs de tante Marguerite

C'est une famille qui s'entend bien ; elle n'a pas encore hérité.

Jules Renard, *Journal*

De Berthe de Larochemigène, Charlemont, Oise, à Gisèle Le Bléveau, Ars-en-Ré, Charente-Maritime

TANTE MARGUERITE AFFREUSEMENT
DÉCÉDÉE CE MATIN 31 JUILLET
STOP OBSÈQUES 5 AOÛT
VILLEFRANCHE SUR MER STOP
VOUS ATTENDONS STOP BERTHE

De Fiona Le Bléveau, Ars-en-Ré, Charente-Maritime, à Berthe de Larochemigène, Charlemont, Oise

MAMAN AFFREUSEMENT FATIGUÉE STOP
SUZANNE À SAN FRANCISCO STOP
ARRIVONS AVEC PAPA ET LES FRÈRES STOP FIONA

Fiona à Suzanne

Villefranche-sur-Mer, 6 août 1966

Ma vieille Suze,

Ton séjour pianistique et californien t'a empêchée de vivre un grand moment de tragédie familiale. Figure-toi que tante Marguerite a violemment passé l'arme à gauche après un accident de presse-purée.

Selon le rapport du commissaire du VIIe arrondissement, tante Marguerite sort de son immeuble, au 25 de la rue de Grenelle, à 8 h 50, le 31 juillet, pour se rendre à la messe à Saint-Thomas-d'Aquin, comme elle le fait chaque matin depuis soixante-dix ans.

Au même moment, dans l'appartement du cinquième, une cuisinière bretonne, musclée et irascible, lance à la tête de sa patronne, qui l'a traitée de « souillon », le fatal ustensile. Madame ayant évité le projectile, le presse-purée passe par la fenêtre et vient heurter le front de tante Marguerite, vingt mètres plus bas, avec une sauvagerie inouïe (tu multiplies le poids de l'objet, lesté de deux pommes de terre bintje, par la vitesse d'accélération, la distance parcourue et la trajectoire empruntée et tu obtiens un résultat apocalyptique, du style « lancer de marteau par un haltérophile soviétique » ou « lâcher de bombes d'un B52 sur un village vietnamien » (précisions du professeur Alain Michot, médecin légiste).

À 8 h 55, les pompiers se penchent sur le front de la victime, gisant sur le trottoir les bras en croix, un parapluie à fleurs roses dans la main droite, un missel des dimanches usagé dans la gauche. Ayant constaté le décès, ils emportent le corps à l'Institut médico-légal.

À 10 heures, Louise Bénach, employée au 25 rue de Grenelle, est conduite au commissariat, où on l'inculpe pour « coups et blessures ayant entraîné la mort sans intention de la donner ».

À 15 h 14, nous recevons un télégramme de tante Berthe.

À 15 h 15, Maman suppute – hypothèse la plus pessimiste – qu'elle héritera d'une bague en saphirs, d'une broche en brillants et du portrait de la trisaïeule en Diane chasseresse par Nattier. Pour l'hypothèse haute, lui reviendrait de droit la totalité des biens de feu notre grand-tante.

Je crains que notre mère ne soit déçue, car tante Berthe, indignée par son absence aux obsèques (Maman se tordant les mains : « Je ne PEUX pas assister à un enterrement, ça me fait trop de peine ! »), nous a confié que « cette pauvre tante Marguerite jugeait Maman futile, légère et paresseuse », ce qui prouve qu'elle n'avait pas les yeux dans sa poche, sous son béret de chasseur alpin.

La messe d'enterrement, dans la belle église de Villefranche, était animée par un Don Camillo survolté, qui a déroulé, avec l'accent de Fernandel et des mouvements de sémaphore, la liste des vertus de la défunte et sa triste destinée, à côté de laquelle celle des Deux Orphelines ressemble à un parcours de santé. Soit :

1. Une mère décédée à sa naissance,

2. Un père insouciant qui la met en pension entre cinq et dix-huit ans.

3. Un mari bien-aimé mort au front (tout comme elle), en 1916.

4. Un second mari qui prend le large avec leur maître d'hôtel sodomite, épisode révélé à l'assistance ébahie par le père Panzani.

5. Une fille unique, Jacqueline, qui meurt de la rougeole en 1928, à l'âge de cinq ans.

6. Pendant les trente-huit années suivantes, une vie solitaire et sans joie consacrée aux œuvres de sa paroisse.

7. Une mort subite, triviale et sanglante, sans avoir eu le temps de recevoir les derniers sacrements.

Et toi ? Comment est ta vie là-bas ? La master class de l'éminent Kurt Schloss porte-t-elle ses fruits ? La ville de San Francisco te plaît-elle ? Y a-t-il des hippies ou des beatniks dans l'entourage du maestro ?

J'attends de tes nouvelles de pied ferme. À propos de pied, n'oublie pas de me rapporter pour Noël une paire de penny loafers, taille 38.

J'ai été voir « Un homme et une femme », un film genre « Nous Deux », agrémenté de dialogues cucul, d'une musique gnangnan et d'acteurs magnifiques.

Je t'embrasse. Octave et Marc-Aurèle aussi. L'un est plongé dans « Lui », l'autre dans « La Guerre du Péloponnèse ». Qui lit quoi, à ton avis ?

Fiona

Suzanne à Fiona

San Francisco, 15 août 1966

Ma sœur esseulée,

Comme la France est loin, et loin la famille ! Coïncidence, hasard, fatalité… à l'heure où tante

Marguerite était appelée sur l'autre rive, l'aviation américaine bombardait la zone démilitarisée du Vietnam. Étonnant, non ? Pauvre tante ! Te souviens-tu à quel point elle nous serrait le cœur quand elle évoquait, l'œil voilé de chagrin et la voix brisée, sa petite Jacqueline, morte depuis si longtemps ? Malgré sa cape de milicien (ou de Superman), sa silhouette de faucheux, sa moustache de vieux phoque et son fumet de soupe aux choux, elle était charmante et si douce (« une demeurée pleurnicharde », selon le diagnostic implacable de Maman).

Bon, revenons aux USA ! J'ai l'impression d'avoir atterri chez de gentils Martiens. J'ai déjà répertorié deux espèces d'autochtones et noté que, si les pauvres sont obèses, les riches sont maigres comme des bicyclettes.

À New York, les femmes des beaux quartiers, savonnées, laquées, amidonnées à mort, arborent, de sept à soixante-dix-sept ans, la panoplie proprette et pimpante d'Audrey Hepburn : petit tailleur marine à jupe plissé et col plat, très « Claudine à l'école », escarpins vernis noirs et collants blancs (comme ceux de chez Beli, avenue Victor-Hugo), et regard long et humide de biche aux abois. J'ai dû remiser robes et minijupes Courrèges au vestiaire pour être sortable. L'aînée de la famille repasse ses cheveux à la pattemouille pour les lisser impeccablement, selon une recette donnée par Marisa Berenson dans le « Harper's Bazaar ». Le résultat est parfait sur elle, moi, je ressemble à Mme Papovska pendant la désopilante séance de knout du « Général Dourakine ».

À San Francisco, virage à cent quatre-vingts degrés ! Le soir de mon arrivée, Gloria Schloss, un mètre quatre-vingts de beauté métisse, de rire trompetant et de discours fleuri, m'a menée de l'aéroport chez mes hôtes, les Miller. À une tablée enfumée, j'ai pu deviner deux Indiens, une Noire, une Chinoise, Bridget Miller et ses cinq filles, courbés vers leur pitance comme Poulidor sur son guidon, et bâfrant à grand bruit comme les chiens à la curée.

« Tiens-toi droite » et « Ne parle pas la bouche pleine », les deux axiomes fondateurs de la « civilité puérile et honnête » dont Bonne-Maman nous a gavées, n'ont pas encore atteint les Ricains : ils bouffent comme des gorets.

Le monde civilisé s'éloigne à toutes jambes et c'est tant mieux ! Les Miller habitent sur une péniche ornée de motifs psychédéliques aux couleurs fluorescentes et amarrée dans le petit port de Sausalito, au nord de San Francisco. D'après mes observations, ma famille d'accueil, à géométrie variable, se compose à 95 % de femmes aux cheveux gras, sans soutiens-gorge, enroulées dans des peaux de mouton à longs poils et des hardes chamarrées piquées à quelque tribu indienne ou ce qu'il en reste, tout comme leurs bijoux.

Au quotidien, nous nous nourrissons de toutes sortes de graines et de salades. Parfois, quand George, l'Indien Pawnee, sort de sa léthargie, il nous cuisine du pemmican, un plat rituel et ancestral. C'est absolument dégueu (je me trouve dans le même cas de figure qu'Hubert de la Pâte Feuilletée dînant chez Oumpah-Pah). Les jours de fête, Bridget et ses copines servent un rata bizarroïde, mélange d'herbes et de champignons variés qui te propulse vers d'exquises contrées, peuplées de bestioles rigolotes et colorées. Ensuite, tu te fais attaquer par les loups toute la nuit. J'adore ce pays !

J'ai dû renoncer à ces douceurs, car mon jeu perdait en précision. J'avais l'impression de jouer sur douze claviers à la fois, dans un tempo d'enfer, mieux que Chopin lui-même ! Kurt Schloss en est resté baba, mais pas cool, et m'a priée de ne pas agresser la grande « Polonaise », qui ne m'avait rien fait. C'est un homme doux et modeste, malgré son statut de dieu du clavier, qui me conseille de « me laisser pénétrer par Chopin ». Moi, je préférerais le Péruvien du deuxième rang, beau comme l'Inca du « Temple du Soleil ».

Le maestro paraît plus concerné actuellement par les questions politiques que par les progrès de ses élèves. « Honte à qui peut chanter pendant que Rome brûle », diraient Papa et Lamartine. Sa maison d'Alamo Square est le point de ralliement d'une faune aussi contestataire que chevelue. Étudiants et professeurs sont politisés à mort : discussions fumeuses, manifestations, concerts, réunions. Tout mon entourage est engagé à fond et on ne rigole pas !

Voilà deux jours, j'ai assisté à la conférence très attendue d'un professeur de San Diego qui dénonce d'une voix inspirée et dans un même élan la misère, le gaspillage, le mercantilisme, la consommation, la répression sociale, la pollution. Mâtin, quel programme ! Je ne sais pas si ce type est connu outre-Atlantique, mais, ici, Herbert Marcuse est une star.

N'en déplaise à notre Gauche bien-pensante, TOUS les Yankees ne sont pas des bœufs du style John Wayne (« C'était mon steak, Valance ! »), ni des couillons inféodés au Grand Capital. Sur les campus, on cogite à fond sur les années futures et personne n'a la nostalgie du Petit Père des Peuples. Pas comme chez nous ! Bien plus novateurs et imaginatifs, comme leur musique. Pas de Clo-Clo, les veinards, ni de Sheila, les bienheureux, ni même de Johnny Hallyday, Dieu soit loué, mais de vrais poètes inspirés, des rythmes nouveaux, des voix déchirantes.

Parmi les concerts les plus enthousiasmants, j'ai pu entendre Bob Dylan, le « clochard céleste », qui a chanté en duo avec Joan Baez des ballades électrisantes et sublimes. Extra ! Puis un guitariste aussi chevelu que fou furieux qui joue comme un dieu, parfois avec les dents. Mais le plus intense, le prophète à la voix d'or, c'est un Canadien ténébreux, ami des Miller, qui m'a offert une chanson magnifique, simplement titrée « Suzanne ». J'en suis dingue, mais je crois qu'il ne plairait pas à la famille (« Un beatnik drogué et juif ! Non, ma fille ! »).

Passons aux choses sérieuses : afin de me fondre dans le décor et parce que je trouvais ça joli, j'ai voulu adopter la coupe de Jimi Hendrix et d'Angela Davis. Misère ! Je ressemble au caniche abricot de Mlle Coulibœuf, le prof de dessin ! À l'instar de mes hôtes, je circule désormais en toge, pieds nus et le cou lesté d'une vingtaine de colliers orientaux, plus pimpants que le funeste rang de perles qui va nous échoir pour nos dix-huit ans.

À la découverte de ce nouveau monde, tel Christophe Colomb, je m'aperçois que notre vieille

France n'a pas plus d'importance qu'une crotte de mouche pour mes camarades de jeux. Ne divulgue pas cette info à Papa, qui en serait ulcéré. Je ne veux en aucun cas lui faire de la peine, Maman s'en charge déjà très bien.

J'allais omettre une nouvelle d'importance : j'ai rencontré à Palo Alto, où se déroulait un séminaire animé par trois psychiatres dans le vent, barbus et chiantissimes, le Tristan Moufle, neveu de l'aumônier de Charlemont. Vingt dieux ! Je ne l'aurais jamais reconnu s'il ne s'était précipité sur moi. Tu te souviens de ce beau garçon blond, au regard un peu triste, au charisme de beignet, qui jouait avec nous au ballon prisonnier ? À présent, on dirait Louis XIII, avec la moustache de Groucho Marx ! Ce grand benêt de trente ans, garanti 100 % casse-bonbons, a la « chance inouïe » – je demande à vérifier – de travailler aux côtés de Paul Watzlawick, étoile montante de la Medical Research Foundation de Palo Alto et chantre, si j'ai tout saisi, de « l'écoute active, de l'analyse transactionnelle et de l'affirmation de soi ». Ces théories audacieuses échafaudées en Californie « décortiquent les modes de communication humaine et prônent des méthodes simples et pratiques pour améliorer l'entente inter-personnelle », rien de moins ! À terme, plus d'incompréhension, ni de scènes de ménage, ni de guerres, ni de révolutions. Quel ennui !

Ces découvertes révolutionnaires devraient traverser l'Atlantique dans une dizaine d'années, prophétise Tristan, avec l'air extasié de la sainte Thérèse du Bernin. J'ai suivi quelques conférences et lu deux bouquins abscons (pour moi). Décidément, je préfère leur musique à leurs gourous, Leonard Cohen à Dale Carnegie, Janis Joplin à Karl Rogers, les Doors à Gregory Bateson !

Je t'embrasse,

Souzaaaaan

Berthe à Gisèle

Charlemont, le 2 septembre 1966

Ma petite Gisèle,

Le notaire de tante Marguerite, maître Dragon, voudrait régler sa succession au plus vite. Pour cela, il a besoin de notre présence et de celle de nos enfants le 4 octobre à dix heures dans son étude de la rue Saint-Guillaume.

Je ne pense pas que l'héritage soit considérable car son second mari, dont elle n'avait pas voulu divorcer, pour rester en règle avec le Vatican, a mené grand train à bride abattue jusqu'à sa disparition, en 1938.

Depuis, notre pauvre tante a vivoté modestement, avec une seule domestique, dans un appartement bien délabré, où je lui rendais visite tous les mardis. En dehors de quelques meubles vermoulus et de trois ou quatre portraits de famille, il n'y a rien de grande valeur, d'après l'inventaire réalisé par la fille d'un de nos excellents amis, Édith Thomas, experte compétente et délicieuse, dont la mère est une Bourde de Vaugelé, cousine d'Hélie au troisième degré. Notre petite tante t'a couchée sur son testament, Gisèle ! Tu aurais pu faire l'effort d'assister à ses obsèques. À l'heure où je t'écris, elle doit trouver ton attitude un peu cavalière, et le Bon Dieu aussi. Enfin, passons l'outre, et n'en parlons plus.

Je t'embrasse,

Berthe

Gisèle à Berthe

Ars-en-Ré, le 6 septembre 1966

Chère Berthe,

Je vois que vous ne perdez pas de temps ! L'inventaire de notre tante aurait dû se faire en ma présence. Après tout, je suis sa nièce aînée et j'ai plus d'une voix au chapitre.

Même si je n'allais pas chaque semaine évaluer le mobilier et les tableaux, je crois me souvenir de quelques objets de grande valeur et de bijoux de toute beauté.

Pourquoi a-t-on besoin de nos enfants pour ouvrir le testament chez le notaire ? Albert me conduit au bac demain soir et je compte me rendre à l'appartement de la rue de Grenelle, avec ou sans le notaire.

Ne faites rien avant mon arrivée.

Gisèle

Fiona à Suzanne

Paris, le 6 octobre 1966

Ma sœurette,

Comme ton absence me pèse en cette ultime (espérons-le) rentrée scolaire ! Tu apprécierais notre professeur de philosophie, une Walkyrie portée sur la lutte des classes, agrémentée de deux maigres nattes grises et d'amples mamelles ballottant sous une chemise mollasse, fatiguée et malodorante. Elle tient la classe d'une poigne de fer et, au moindre bruit, une balle dans la nuque ou quasiment ! J'ai dû conjuguer par écrit et à tous les temps « Je ris d'un air idiot et je dois rendre son costume à Zavatta » – tu parles ! un pantalon à carreaux de Dorothée Bis vu dans « Elle » sur Twiggy et de luxueuses chaussures d'ecclésiastique payées deux cents balles chez Carel ! Il n'empêche que je me suis exécutée (deux heures quand même, avec le secours d'Octave). Les « bourgeoises pourries » qu'elle doit mener au bac sont tétanisées et travaillent comme des bourrins. Son cours est néanmoins précis, vivant et clair. Que demande Auteuil ?

Pour faire bonne mesure, nous retrouvons en cours d'histoire la dame Poupard, monarchiste fervente et peau de vache avérée qui se réjouit déjà de te martyriser après Noël. Tu vois que tu manques à tout le monde.

La lecture du testament de tante Marguerite a été l'occasion de grandes réjouissances. Maman, pour une fois levée dès l'aube du jour J, nous a embarqués avec les frères dans sa Mini Cooper, droit chez maître Dragon, dans la posture conquérante de Bonaparte au pont d'Arcole et prête à pourfendre quiconque lui contesterait ses droits à la succession. Elle lançait un regard de cobra au moindre suspect égaré sur sa route et se préparait à bondir sur l'ennemi, donc sur le monde entier, comme un canard sur un hanneton. Malgré une bonbonne de laque et une centaine d'épingles, son chignon pare-balles donnait dangereusement de la gîte. Elle est entrée dans l'étude drapée dans ses écharpes avec la majesté d'une goélette gagnant le large par vent arrière. Flap, flap, flap…

En l'observant foncer vers le bureau du notaire, mâchoires serrées et regard fixé sur l'horizon testamentaire, j'ai noté son petit œil cruel de vautour affamé, sa maigreur de levrette (« never too thin, never too rich »), son port de tête (à claques) hautain, ses pommettes à la Ramsès II, ses lèvres pincées. Oui, notre mère a bien cette allure des battantes qui ont dû souquer ferme pour se faire une place au soleil, telles la duchesse de Windsor, Elsa Triolet, Coco Chanel ou Françoise Giroud. Mais notre mère n'a pas eu à ramer, dis-moi. Elle est née coiffée, jolie, choyée. Quelle sorcière a métamorphosé l'espiègle Gisèle en colin froid ?

Mais revenons dans le bureau de maître Dragon, petit monsieur jovial et rondouillard, qui nous a délivré la bonne parole d'une voix de castrat. Tante Marguerite lègue tous ses biens à l'Église (tête de Maman), hormis une rente confortable pour sa bonne Thérèse. L'exquis tableau de Nattier (la trisaïeule à poil) et ses bijoux à tante Berthe (Maman rugit : « Ah ! Mais c'est ce qu'on verra ! »). Pour Maman, enfin, deux portraits à tomber à la renverse !

Imagine un peu… Émergeant d'une vaste fraise amidonnée, une trogne rubiconde surgit sous les yeux de l'assistance, médusée par le tarin turgescent et les deux gigantesques oreilles du premier comte d'Arbrun ! « Quelle horreur ! a sangloté notre mère. Il est affreux, il ressemble à Octave. » Octave, au bord des larmes et la voix blanche, lui a rétorqué avec panache qu'il était « fier et heureux de descendre d'un si glorieux gentilhomme qui avait eu l'amitié de Montaigne et l'oreille de Sully ». Pauvre Sully !

Deuxième chef-d'œuvre : Grincheuse, l'épouse de Simplet, la mine renfrognée, le teint jaune, la bouche en cul de poule, contemple, consternée, sa descendance qui meurt de rire devant son faciès tragique. Seule Maman ne décolère pas, surtout quand Octave, l'index vengeur pointé vers l'ancêtre, déclare que la mégère est son portrait craché. Selon l'expert, la paire de comiques serait l'œuvre d'un certain Lagneau, connu pour ses têtes d'expression. Merci l'artiste !

Tante Marguerite nous a légué à chacune, pour la sauvegarde de nos âmes, un chapelet et un missel, attirail indispensable à une ascension rapide vers les divins sommets, et un tas de photos de famille dont les commentaires écrits au dos m'ont laissée songeuse. Tu jugeras par toi-même.

Les frères ont hérité de deux crucifix à l'envergure impressionnante (un mètre cinquante environ) qu'ils ont dû porter sur l'épaule et sur cinq étages avec des ahanements de forçats : hériter est un calvaire.

Nous t'attendons de pied ferme le 23 décembre et t'embrassons tous.

Fiona

PS : Le Rallye cette année a rameuté chez Cudarab, comme Marc-Aurèle surnomme finement le funeste cours Baraduc, une horde d'acnéiques de la plus belle eau ! J'ai été frôlée de près par un jeune homme au teint vert et à l'haleine de pingouin qui m'a susurré du Xénophon en VO sur un slow de Richard Anthony. Ce n'est pas demain la veille que je vais rencontrer l'âme sœur. S'il te plaît, ramène-moi un beau beatnik !

Gisèle à Berthe

Paris, le 15 octobre 1966

Chère Berthe,

Après mûre réflexion, et malgré les conseils d'Albert, qui ne peut comprendre combien tout ce qui touche ma tante Marguerite me tient à cœur, j'ai décidé de te faire part de mes intentions.

J'ai conservé mon calme lors de la lecture du soi-disant testament de notre parente, or je suis persuadée qu'il s'agit d'une escroquerie, organisée par l'Église avec la complicité du notaire et de l'experte que tu as bien légèrement choisie.

Puisque tu as été très favorisée par notre tante – je n'ose penser que tes visites hebdomadaires y sont pour quelque chose –, je compte sur ta gentillesse et ton sens de l'équité pour rééquilibrer la succession.

À la mort de Bonne-Maman, je n'ai rien dit quand le collier du Sacre, qui aurait dû me revenir de droit, t'a été légué. Mais aujourd'hui la coupe est pleine et je te propose un marché honnête : soit nous partageons les bijoux de Marguerite, soit j'attaque le testament.

Réponds-moi vite. Je t'embrasse,

Gisèle

Berthe à Gisèle

Charlemont, 21 octobre 1966

Ma petite Gisèle,

Ta lettre me choque et me peine tant ! Tante Marguerite était une sainte femme dont le testament révèle le grand cœur. Tu te demandes pourquoi elle m'a gâtée ? J'ai l'âge qu'aurait sa fille, j'étais sa filleule et je la chérissais. Par-dessus le marché, la jolie Diane chasseresse de Nattier est mon « portrait craché », selon tante Marguerite, même si sa tenue est bien légère pour une mère de famille.

Comme je ne veux pas que tu imagines de sombres complots, je vais faire un geste pour calmer tes inquiétudes. Avec l'approbation d'Hélie, qui ne souhaite rien tant que la paix des familles et redoute avant tout le scandale, j'ai décidé de partager les bijoux de tante Marguerite entre tes filles et la mienne. Es-tu satisfaite ?

Tu devrais réfléchir à ton attitude envers notre tante, que tu n'allais embrasser qu'au 1er janvier – et encore, du bout des lèvres.

Au lieu de te faire du souci pour des biens

matériels, tu ferais mieux de veiller sur ton Salut et sur tes enfants, que tu traites avec rudesse ou indifférence. Comment as-tu pu laisser Suzon, si jeune, partir pour les États-Unis six mois durant chez des gens que vous n'avez jamais vus ? Cela m'étonne d'Albert, dont le bon sens et l'amour paternel ne font jamais défaut.

Je t'embrasse très fort,

Berthe

Suzanne à Fiona

San Francisco, 26 octobre 1966

Ma belle Fiona,

Quelle guigne d'avoir loupé la séance de fureur maternelle chez maître Dragon ! C'est là qu'elle excelle.

À propos des métamorphoses de Maman à l'adolescence, cesse d'échafauder des hypothèses vaseuses et des romans mélo. Maman est Taureau ascendant Chameau, un point c'est tout ! Oui, elle est mauvaise, et alors ? Elle nous fiche une paix royale et laisse Papa jouer les mères attentives. Notre père nous aime pour deux, plains-toi ! Fais donc comme les frères et moi : laisse pisser le mérinos ! Pense que, à l'instar du bombyx du mûrier ou de la piéride du chou, nombre d'adolescents doivent changer de peau. Pour Maman, manque de bol, c'est une peau de vache !

Tiens, regarde Marc-Aurèle, notre frère farceur, affectueux, sensible et toujours prompt à rire. Depuis qu'il a intégré Sciences Po, tu as repéré sa nouvelle allure roide et digne à la Couve de Murville. Il prend un air concerné quand il parle politique et ne sourit plus de nos commentaires primesautiers. Pontifiant, sévère et coincé, il est méconnaissable. Un chat qui fait dans la braise !

Quant à moi, partie un beau matin en minette du XVIe, le shetland sous les seins et la jupe au ras des fesses, me voilà dans la touffeur californienne, pieds nus, en chemise, tel un Bourgeois de Calais. Je me parfumais avec Calèche d'Hermès et je m'inonde de Patchouli de chez n'importe qui.

Et ma fleur, unique dot des jeunes filles fauchées mais bien nées... Envolée, cueillie par un archange aux ailes diaprées, auréolé d'épis d'or ! À mon réveil laborieux – je n'aurais pas dû fumer du népalais –, coincée entre le frigo déglingué et le canapé en forme de saucisse, l'ange s'était évaporé.

Sur le seuil de la pièce se détachait l'impayable silhouette de Tristan Moufle, le sourire bienveillant aux lèvres et la tête inclinée du pasteur indulgent devant sa brebis égarée. Saisie d'angoisse à l'idée de m'être fait culbuter par le gourou de l'Empathie, je l'ai prié de ne pas colporter d'échos malséants à Charlemont. Alors il m'a tendu les bras dans un ample geste de pardon universel, tel Jésus face à Marie-Madeleine, et a juré qu'il venait juste d'arriver. Depuis, je me creuse la cervelle, mais impossible de me rappeler le nom de mon premier partenaire. Qui eut la chance de m'initier aux galipettes ? Saint Michel ? Saint Gabriel ? Saint Raphaël (quinquina) ?

Et mes illusions sur ma carrière de pianiste internationale, envolées itou, sur un jugement sans appel de Francis Sanson, en tournée – c'est rien de le dire – par ici. Cet éminent pianiste, fou de Chopin qu'il joue comme un dieu, malgré ou grâce à une alcoolémie toute polonaise, m'a confié à voix basse et à propos de mon interprétation d'un prélude : « Contente-toi de tenir l'harmonium de ta paroisse, ma jolie ! Et ressers-moi un verre de tequila. »

Je t'embrasse et j'arrive !

Suzanne

~

Fiona à Suzanne

Paris, le 4 novembre 1966

Ma Suzon,

Ta lettre pleine de bon sens m'a remonté le moral ! « Que serais-je sans toi ? » bêlerait Jean Ferrat. Mais je n'arrive pas à me faire aux mauvaisetés de Maman ! Donne-moi ton bouclier d'airain, ton égide en peau de chèvre, ta recette anti-névrose.

Passons à plus riant. Il y a eu un joli scandale quand notre mère a vendu les aïeux à Drouot ! Le résultat des enchères (trente mille francs) ne satisfait ni Maman, qui pense s'être fait rouler, ni le reste de la famille, horrifiée par ce crime de lèse-ancêtres. Pourquoi ne pas mettre grand-mère à l'hospice et Raoul à l'asile, tant qu'on y est ? Pour conclure, tout le monde veut attaquer tout le monde devant les tribunaux et chacun tremble de voir son nom traîné dans la boue. Un vrai bordel !

Même tante Berthe a clamé que Maman exagérait. Et pour faire réagir notre paisible Berthe, il faut se lever de bon matin ! Elle a déclaré en avoir marre d'accepter sans broncher tous les caprices de sa sœur qui, pour l'en remercier, la surnommait la Poire Duchesse ou la Grosse Bertha.

Après les basses querelles d'héritage, montons d'un cran vers les cimes où souffle l'esprit, ma sœur ! À Normale Sup, les doctes professeurs d'Octave imposent une « relecture » de Thucydide à la lumière de la pensée de Mao. Ces marxistes fervents et autoritaires – tu n'as pas intérêt à contester le bien-fondé de leur analyse – se pâment à la lecture de « Pékin Information ».

Décérébrée par des enseignants fanatiques, la majorité des « ulmards » chavire d'admiration pour la Grande Révolution Culturelle Prolétarienne ! Oui, ma chère ! Et ça se passe au Quartier latin, à Paris, et au XXe siècle. On se pince ! Dénonçons les bourgeois, pendons les révisionnistes et rendez-vous au Balzar ou à la Rhumerie avant d'aller bâiller au dernier Godard.

Naturellement, Marc-Aurèle, pour faire bonne

mesure et emmerder Octave, suit les meetings pro-Chinois avec l'enthousiasme du converti en ligne directe avec le Grand Timonier. Papa constate que « le déconomètre est remonté à bloc » et pose un regard consterné sur sa progéniture : Octave, parce qu'il se réfugie frileusement chez les Anciens, Marc-Aurèle, parce qu'il déverse un torrent d'inepties sentencieuses, moi, parce que je n'ai « aucune conscience politique ».

Et toi, Suzanne, qui as connu six mois de folle liberté, où vas-tu trouver ta place dans ce capharnaüm ? Te laisseras-tu embrigader par Marc-Aurèle dans ses comités Vietnam ? M'aideras-tu à écumer les boutiques de la rue de Sèvres et de la rue de Passy ?

Nous piaffons tous d'impatience ! On t'embrasse,

Fiona

3

Rallye, 1967-1968

De « Point de Vue » à « La Cause du peuple »

Les spéculations les plus sûres sont celles qui reposent sur la vanité, l'amour-propre, l'envie de paraître.

Honoré de Balzac

Berthe à Gisèle

Charlemont, le 5 novembre 1967

Ma petite sœur,

Message du Rallye Montjoie : il est impératif de fixer une date pour le bal de nos filles avant la fin du mois. Le jour m'importe peu, puisque nous n'avons pas à nous soucier de louer des salons. La maison est parfaite pour accueillir les belles soirées depuis plus de trois cents ans.

Veille bien aux robes des jumelles, qui ne doivent être ni décolletées, ni fendues, ni noires, ni transparentes, ni folkloriques, ni rien de fantaisiste (je te rappelle le règlement pour éviter à tes filles un nouvel avertissement des organisatrices du Rallye). Réfléchis aussi à ta tenue, afin qu'elle ne jure pas avec la mienne : j'ai choisi de faire mettre au goût du jour une magnifique robe de la mère d'Hélie qui n'a servi qu'une fois (la robe), en soie brochée dans les tons de jaune ravissant.

As-tu beau temps à Ré ? Ici, nous grelottons, comme tous les ans, car Hélie trouve inutile d'installer le chauffage central dans les étages, dans la mesure où sa famille s'en est toujours accommodée. C'est spartiate ! Je dois dormir avec des bas de laine, un bonnet, ma robe de chambre en mohair et les moufles de ski de Marie-Bénédicte. Enfin, il y a plus malheureux que nous ! Le pauvre Félix, qui entretenait le parc et le potager depuis 1920, vient d'être fauché par un transport au cerveau. D'un seul coup, il est tombé raide en tirant des poireaux, sans avoir eu la consolation de recevoir l'Extrême-Onction. Nous l'avons enterré à côté des siens, au service de la famille depuis 1778.

La fidélité de nos serviteurs n'est-elle pas réconfortante à l'heure de la « lutte des classes » dont se gargarisent les communistes qui poussent de braves gens à se révolter contre leurs maîtres et à cesser de travailler en défilant en désordre et en hurlant comme des bêtes ? En sont-ils plus heureux pour autant ? Non. Alors que nos domestiques n'ont aucune envie de partir en vacances et ne manquent jamais de faire leurs Pâques. Ils appartiennent à Charlemont tout autant que les Larochemigène. D'ailleurs, Félix, Flore, Céleste et Gaspard sont nés et se sont mariés chez nous sans envisager d'aller voir plus loin. Nous parrainons la plupart de leurs enfants, qui se feront une joie de perpétuer la tradition en travaillant pour nous. C'est ainsi que le monde tourne rond.

Je t'embrasse bien fort,

Berthe

Gisèle à Berthe

Ars-en-Ré, le 12 novembre 1967

Ma chère petite sœur,

Nous pensions trouver un instant de calme en passant la Toussaint à Ré, mais les enfants ont bêtement décidé de venir aussi ! Les prises de bec des garçons au sujet de Cuba, du Vietnam, de l'Algérie me donnent d'affreuses migraines.

Cerise sur le gâteau : Albert a été inquiété par la gendarmerie quand un condamné à mort de l'OAS s'est évadé du pénitencier. Si on l'avait fusillé ou guillotiné au lieu de le grâcier, nous n'aurions pas eu à subir des tracasseries insultantes !

Albert a enduré plus de huit heures d'interrogatoire dans des locaux répugnants, sans pouvoir boire ni fumer, avec pour seul réconfort, m'a-t-il confié, de « savoir que de Gaulle était furibond et avait passé un savon magistral à cet incapable de Fouchet ! ».

Mais le pire fut pour moi, qui devais absolument me rendre à La Rochelle ce jour-là chez le médecin qui traite ma tachycardie chronique. J'ai cru mourir d'angoisse pendant la nuit. Le lendemain, je n'arrivais pas à tenir le volant tant j'étais à bout de nerfs.

Pour le bal de nos filles, le 22 juin me conviendrait. Tu es adorable de me rappeler à l'ordre, car j'avais oublié de répondre au Rallye. En revanche, j'ai déjà réfléchi à ma robe du soir et ferai copier par Mme Georges un fourreau drapé de chez Grès, en crêpe ivoire, qui m'ira divinement. Comme tu le permets si souvent, je t'emprunterai un bijou (le collier du Sacre, par exemple). Tu seras un ange – tu es un ange, que j'embrasse de tout cœur,

Gisèle

PS : Pense à me rappeler de te rendre les boucles d'oreilles de ta belle-mère, qui ont fait bel effet au bal des Petits Lits blancs. Ces émeraudes mettent en valeur mes yeux verts, comme m'a déclaré Marc-Aurèle.

PPS : Tu as bien de la chance d'être entourée d'une armada de fidèles serviteurs. Paquita, qui avait osé me dire « Madame n'est pas commode tous les jours », m'a abandonnée l'an passé et Rosita a décidé de rester à Gérone pour s'occuper de sa vieille mère. Quelle époque ! J'ai embauché une dame portugaise qui semble faire l'affaire, malgré ses gémissements incessants et ses maux imaginaires ! Elle a toujours mal quelque part. Est-ce que je m'écoute, moi ? « Never explain, never complain ! »

Albert Le Bléveau à lord Macdow

Paris, le 2 janvier 1968

My lord, vieux frère,

Tous mes vœux, cher Gordon, à toi, à ton épouse, la charmante Angela, et à Malcolm et Bruce.

Tu seras heureux d'apprendre qu'Octave a amélioré son handicap (il descend à 5) et qu'après Normale supérieure et l'agrégation d'histoire il a été reçu premier à l'École française d'Athènes. Sa passion pour l'épigraphie grecque l'a finalement emporté sur la paléographie, et le voilà parti chez les Grecs ! Sais-tu si ce beau pays sec comme un paillasson possède des golfs acceptables ?

Le parcours estudiantin de Marc-Aurèle est carrément plus lisible. Il a été admis, après Sciences Po, au concours d'entrée de l'ENA (avant-dernier : il y a une justice). Toujours mondain, malgré sa crise de maoïsme aigu et son engagement à l'UJC (ml) – je traduis pour les profanes : Union des Jeunesses communistes (marxistes-léninistes) –, Marc-Aurèle préfère hanter cocktails, dîners, soirées et premières que les bibliothèques !

Mes jolies filles font montre de caractères aussi fantaisistes qu'épuisants. Comme l'écrivait Claudel, « on ne leur confierait pas la conduite d'un ascenseur ». Espérons que Suzon la Raisonneuse et Fiona la Tête de Lard trouveront pour époux de solides garçons qui les feront rentrer dans le rang. Je pourrai enfin souffler un peu ! Fiona entame sa deuxième année à l'Institut d'art, mais semble plus intéressée par un architecte brésilien que par l'histoire de la peinture. Quant à Suzanne, premier prix de piano du Conservatoire de Paris, elle peut envisager une carrière prometteuse si elle consacre autant de temps à ses gammes qu'au shopping ! Elle passe six mois à Strasbourg, sous la férule de Marc-Olivier Kellermann, recommandé pour sa poigne de fer.

D'après Suzon, l'Alsace est une région plus propice à l'effort que la Californie, mais moins dépaysante.

Cette année, nous préparons le grand bal de leurs dix-huit ans et nous prions le Ciel pour qu'elles observent, le temps de la soirée, un comportement décent. Je crains des débordements.

Cher Gordon, c'est avec joie que j'accepte ton invitation à chasser sur tes bonnes terres le mois prochain. Je suis aussi très emballé à l'idée d'une virée à Dundee.

Amitiés,

Bertie

Berthe à Gisèle

Charlemont, le 5 janvier 1968

Ma petite Gisèle,

Merci de nous avoir reçus pour le réveillon. Hélie, les enfants et moi avons passé un délicieux moment lors de ces agapes (veille une prochaine fois à cuire les langoustines).

Ainsi que nous l'avons évoqué, nous recevrons le Rallye des filles à Charlemont et ton mari prendra à sa charge la logistique de l'opération : les cartons d'invitation, les fleurs, le buffet, l'orchestre et le contrôle. D'habitude, Gisèle, ces missions sont l'apanage des mères. Peut-être auras-tu la force de t'occuper des tenues de Suzanne et Fiona ? Je ne veux pas agiter le fer rouge devant tes yeux, mais tes filles prennent des airs d'indépendance qui ne présagent rien de bon. Tu sais ce que je pense de l'éloignement de Suzanne, revenue en hippy de Californie, et des dangers qu'offre pour Fiona l'Université, entièrement noyautée par les Rouges, selon Hélie !

Nous avons préféré pour Marie-Bénédicte la voie des Humanités féminines. L'année prochaine, elle fera une session de trois mois à l'école ménagère de la rue Monsieur et elle sera fin prête pour un gentil mariage avec un jeune homme de notre monde. Savoir recevoir avec simplicité et élégance, monter une mayonnaise, composer un centre de table, organiser une soirée bridge suffit au bonheur d'une mère de famille, crois-moi.

Dernière précision d'importance : les invitations devront se limiter au seul Rallye et aux enfants de vos amis proches.

Bonne année, petite sœur,

Berthe

Fiona à Suzanne

Paris, le 12 janvier 1968

Ma bonne Suze,

Tu me manques déjà ! J'aurais tant aimé partager avec toi les événements de la semaine passée : Marie-Valentine de Golaille m'avait invitée à déjeuner à Nanterre où, me prévint-elle, ravie, des « enragés » sabotent quotidiennement les cours, au grand dam des professeurs.

Dès mon arrivée à la gare de Nanterre-La Folie (ça ne s'invente pas), un parcours fléché par de gracieux pénis me conduit au bâtiment de philo, tapissé d'affiches prometteuses : « À 18 heures, le 8 janvier, partouze à la piscine. » J'avise notre ravissante Marie-Val, adorablement moulée dans un petit shetland rose et les pieds chaussés de bottes d'égoutier (conseil avisé du doyen Grappin, pour franchir les terrains vagues sans abîmer ses jolis mocassins), en conversation avec un rouquin hilare au sujet de la piscine qui doit être inaugurée dans la soirée. Elle me demande de rester jusqu'au soir car « ça risque d'être poilant ». Et ça le fut, oui, au-delà de nos espérances !

Vers dix-huit heures, François Missoffe, le ministre délégué, se retrouve nez à nez avec le sémillant rouquin, qui lui demande du feu et l'interpelle bille en tête : « Monsieur le ministre, j'ai lu votre "Livre blanc sur la jeunesse". En trois cents pages, il n'y a pas un mot sur la sexualité des jeunes. » Le ministre, interloqué, trouve finaud de répliquer : « Avec la tête que vous avez, vous rencontrez certainement des problèmes de cet ordre. Je ne saurais trop vous conseiller de plonger dans la piscine. » Poil de Carotte lui lance alors avec aplomb : « Voilà une réponse digne des Jeunesses hitlériennes » ! Cette réplique pertinente vaut à Dany, prénom de l'insolent, une procédure d'expulsion et l'admiration de ses camarades. Bonjour, la réconciliation des peuples ! Ce Cohn-Bendit va faire du bruit, c'est couru !

Je t'embrasse. Décris-moi l'ambiance strasbourgeoise.

Fiona

Suzanne à Fiona

Strasbourg, le 20 janvier 1968

Ma Fion-Fion,

Ne me dis pas que tu vas devenir une guerillera du XVIe, comme Marie-Valentine qui a tapissé sa chambre de posters de Hô Chi Minh et du Che et a brandi sa pancarte « Paix au Vietnam » un soir où son père recevait des clients américains.

Papa doit déjà s'appuyer les discours anti-impérialistes du Marc-Aurèle et les vaticinations de l'épigraphiste en transe, n'en rajoute pas une louche ! « Peace and love ! » On se calme et on prend ses gouttes, sœurette !

Vive l'Alsace ! « Ch'hapite brès te la blace Proklie (c'est comme cela que les autochtones prononcent Broglie) et che brends le pus tous les chours pour aller trafailler mes bréludes de Pach. » La ville est belle, les Müller, chez qui je loge, me recommandent l'usage des patins (pas ceux qu'on roule, ceux qu'on glisse sous les semelles) et mon professeur parvient à me faire travailler à des cadences infernales. Quelle poigne, mais quel régal !

Autre précision qui va te faire bondir : mes propriétaires ont bien connu la famille d'Arbrun à Berlin, où le père de Mme Müller était attaché d'ambassade. Ils ont cherché dans leurs albums des photos d'un bal costumé où Maman, déguisée en vache, la mine guillerette et une cloche autour du cou, semble bien s'amuser en compagnie de Berthe en chimpanzé et du père Moufle en aumônier. Étonnant, non ? Jeune confesseur de toute l'ambassade, il était déjà fameux pour sa gourmandise et donnait en pénitence à la cuisinière des Müller « trois Pater, deux Ave et un chou farci, mon enfant, pour mon déjeuner de dimanche » !

Les Müller se souviennent que Maman est tombée gravement malade en 36 ou 37. Bonne-Maman l'a accompagnée dans une clinique, pendant plusieurs semaines. À son retour, Maman était maigre à faire peur, mutique et dépressive. Elle n'a plus assisté à aucune fête. Seule Berthe arrivait encore à lui parler.

Aborde délicatement mais fermement ce délicat sujet avec notre tante. Elle ne pourra pas se défiler. Interroge aussi le père Moufle.

Je t'embrasse,

Suze

Fiona à Suzanne

Paris, le 20 février 1968

Ma chère sœur,

Rassure-toi, ma grande, ce n'est pas demain la veille que je vais hurler avec les loups de Mao et consorts ! J'aime trop mon indépendance pour suivre des mots d'ordre aboyés par des doctrinaires sans humour.

J'ai pris la mesure de leur fanatisme quand ils ont traité les militaires de « fachos ». Pauvre Papa, arrêté et torturé par la Gestapo pour que ces crétins aient le droit de braire des âneries sur le boulevard Saint-Michel.

Sinon, un gros tas de bonnes nouvelles :

1. J'ai largué Alberto, le Brésilien Fourbe, après avoir appris de source sûre (sa concierge) qu'il avait partagé pendant deux ans la vie du veuf d'Édith Piaf. Autrement dit, il forniquait avec Théo Sarapo ! Voilà bien ma veine ! Je tombe enfin amoureuse et boum ! l'élu est un inverti (qui n'en vaut pas deux).

2. Partagée entre l'humiliation et l'hilarité, je fonce boire un Cuba libre à la Rhumerie où je me flanque sur Marc-Aurèle, en palabres avec deux crasseux aux barbes fleuries d'omelette, de persil, miettes de pain et autres débris. C'étaient les membres virils et agités du CVN (comité Vietnam national), commentant la gigantesque manifestation de Berlin, d'où notre frérot revenait, survolté, euphorique, enthousiaste d'avoir « senti la solidarité entre les jeunesses de tous pays ». Les voilà, sœurette, les lendemains qui chantent !

3. Tante Berthe, qui s'était fermée comme une

palourde à la vue des photos commentées par feu tante Marguerite (« Gisèle avant le drame », « Berthe désespérée par la conduite de sa sœur »), a quasiment craché le morceau sur les mésaventures berlinoises de Maman. Elle a eu un chagrin d'amour et a cessé de s'alimenter pendant six mois. L'élu de son cœur – car elle avait un cœur en ce temps-là – était bien le superbe cavalier des photos, grand séducteur répondant au nom de Helmut von Wurst, fils dévoyé, selon Berthe, d'une vieille famille de Francfort. Quant à Moufle, il est attaché à notre famille depuis Berlin (je le croyais installé à Charlemont depuis la deuxième croisade).

4. Bien déterminée à connaître les détails de cette triste affaire, j'ai harcelé Papa, qui pour la première fois de ma vie a refusé de m'entendre et s'est mis dans une colère noire en me traitant de « fouille-merde, pauvre sotte, malfaisante » et autres noms d'oiseaux ! Puis il m'a serrée dans ses bras pendant une éternité. Il me semble qu'il pleurait en silence.

5. J'ai trouvé ma « tenue de combat », pour le bal de nos dix-huit ans, chez Jean Bouquin : sublime, on ne peut plus décent (adopté par des musulmanes, c'est dire !), ce somptueux caftan bleu nuit brodé d'or ne laisse pas filtrer un milli-

mètre de peau. C'est le dernier cadeau du Brésilien(ne ?) à ta petite sœur chagrine.

Je t'embrasse,

Fiona esseulée,
mais pas pour très longtemps, je le sens

Rallye Montjoie Saint-Nectaire

La duchesse de Larochemigène — *La baronne Le Bléveau*
recevront pour les 18 ans de leurs filles
Marie-Bénédicte — *Fiona et Suzanne*

Le samedi 22 juin de 21 heures à l'aube
Au château de Charlemont

Tenue de soirée
R.S.V.P. avant le 5 mai

Château de Charlemont
Charlemont, Oise

9 boulevard d'Auteuil
*Paris XVIe*

Berthe à Gisèle

Charlemont, le 28 juin 1968

Chère Gisèle,

Tes filles m'ont remerciée très gentiment dès le lendemain du bal. Sans être vieux jeu, ni rabat-joie, leurs robes n'étaient pas réglementaires et leur vaudront un avertissement du Rallye à la rentrée. Suzanne, à qui je faisais remarquer la légèreté de sa tenue, a tenu à préciser que « Marie-Antoinette portait exactement la même robe au Hameau sans que le Roi en fasse une pendule ». Et Fiona en moukère arabe se trémoussait avec bien peu de décence ! Enfin, soyons modernes, il paraît que les temps changent…

Gisèle, tu as omis de me rendre le collier que je t'avais prêté et qui d'ailleurs te sied à ravir. J'aimerais le récupérer pour le mariage d'une petite-nièce, le 13 juillet. Tu seras mignonne d'y penser. N'oublie pas non plus de me faire parvenir les photos de chez Delorme.

Affectueusement,

Berthe

Berthe à Gisèle

Charlemont, le 6 juillet 1968

Gisèle,

Tu ne me donnes ni photos, ni nouvelles. Tu dois être encore fatiguée par le bal, mais il faudrait me faire parvenir le collier que j'ai besoin pour le 13.

Je t'embrasse affectueusement,

Berthe

Berthe à Gisèle

Le 8 juillet 1968

Gisèle,

Aucune nouvelle de mon collier ! Peut-être ma lettre s'est-elle égarée ou ces grèves monstrueuses ont-elles repris. Je te fais déposer ce mot par Hélie qui déjeune à son club, rue Rabelais, et prendra mon bijou à cette occasion.

Ta sœur Berthe

~

Berthe à Gisèle

Le 8 juillet au soir

Gisèle,

Je suis d'une infinie patience à ton égard, tu le sais. Hélie, venu chercher mon collier, était furieux que tu sois trop malade pour le recevoir ! Dois-je te rappeler ce que disait notre chère Nounou ? « Les poires sont des fruits délicats qui demandent des soins attentifs. » Hélie repassera demain matin. Tu seras gentille de lui faire bon accueil, sinon j'informe ton mari de ta mauvaise volonté.

Je t'embrasse quand même,

Berthe

~

Berthe de Larochemigène à Albert Le Bléveau

Charlemont, le 9 juillet 1968

Cher Albert,

J'ai écrit à trois reprises à Gisèle pour qu'elle me rende mon collier, que j'avais l'intention de mettre au mariage de notre petite-nièce Clotilde. M'en voilà injustement privée à cause de ma trop grande confiance en Gisèle (Hélie appelle cela de la bêtise).

Albert, vous qui avez affronté les Allemands, la Gestapo, les Viets, les fellaghas, le FLN, le général de Gaulle, ne me dites pas que vous redoutez encore les colères de ma sœur ! Elle a des excuses, mais cela commence à bien faire !

Pour parler militairement, je me vois réduite à un ultime atome. Si ce bijou, donné par ma grand-mère sur son lit de mort, ne m'est pas restitué avant le 31 juillet minuit, nous entamerons une procédure malgré le scandale et le déshonneur qui saliront nos noms, comme Gisèle lors de la vente honteuse de nos ancêtres, qui n'avaient jamais demandé à quitter nos murs.

Ne nous poussez pas à ces extrémités, je veux mon collier fissa et rectum.

Berthe, très en colère

Hélie de Larochemigène à Albert Le Bléveau

PRO REGE SAEPE, PRO DEO SEMPER
(mais pour Gisèle plus jamais)

Hélie, Anne, Raymond de Larochemigène
Duc et Pair de France,
Chef de la Maison de Charlemont
Grand Maître de l'Ordre Souverain de Malte
Prince romain, Prince de Finocchio

Charlemont, le 14 juillet 1968

Albert,

L'heure est grave et cette « affaire du Collier » bien préoccupante. Gisèle se fiche de sa sœur et de toute la famille depuis trop longtemps, aussi sommes-nous décidés à déposer plainte pour vol aux premières heures du 1er août.

Tant pis pour le déshonneur qui salira ton nom !

Quand j'apprends que ta femme s'est pavanée le 6 juillet avec le collier de Berthe au dîner de nos amis communs, les Thénardier, j'en reste sans voix. « Margaritas ante porcos ! »

Souviens-toi, Albert : nous voulons le collier AVANT le 31 juillet !

Ton beau-frère,

Hélie

Marc-Aurèle à Thégonnec de Kerrosenn

Paris, le 15 juillet 1968

Vieux Thégo,

J'ai un service importantissime et urgentissime à te demander, une BA comme au temps des scouts. Il s'agit d'une mission délicate qui requiert discrétion, astuce et habileté afin d'éviter un scandale public qui ruinerait notre nom (et mes chances d'épouser ta cousine Victoire). Ne refuse pas cette « opération commando », car tu as une dette envers moi (1 725 francs perdus au poker il y a deux mois). J'efface l'ardoise si tu sauves l'honneur de la famille.

Voici l'affaire : tu dois t'emparer subreptice-ment d'un collier de perles (voir photo ci-jointe de ma mère au bal du 22 juin) qu'elle aurait omis de rendre à sa sœur Berthe au lendemain dudit bal. Entre parenthèses, ton élégant catogan et ton smoking de velours grenat ont fait grande impression sur les jeunes filles. Renoma, non ?

Il te faudra rapporter ce collier à Charlemont et le remettre EN MAINS PROPRES à ma tante ou à mon oncle Hélie avant le 31 juillet minuit.

Un conseil pour approcher ma mère, une seule méthode que j'applique depuis vingt ans avec succès : la flatterie, même la plus énorme. Ma mère en redemande. N'hésite pas !

Sache aussi que ma mère adore les cadeaux. Tu peux lui envoyer un immense bouquet de fleurs, blanches de préférence.

Quitte donc ta Bretagne sur-le-champ ! Tu as quinze jours pour accomplir ta mission, c'est assez ! J'ai confiance en toi, parole de scout, et je te le revaudrai.

Amitiés,

Marc-Aurèle

Comte Thégonnec de Kerrosenn
à la baronne Albert Le Bléveau

Paris, le 20 juillet 1968

Madame,

Depuis le bal du 22 juin où je vous vis, rayonnante de grâce, de beauté et de jeunesse, je ne cesse de penser à vous, en tout bien tout honneur, bien entendu.

Ami depuis l'enfance de votre fils Marc-Aurèle, j'ai un certain talent, voire un talent certain, pour la photographie artistique, à l'instar de lord Snowdon. Or je devine – et c'est l'artiste qui parle autant que le gentilhomme – que vous devez être parfaitement photogénique.

Si vous en êtes d'accord, j'aimerais venir vous « mitrailler » le plus rapidement possible, dans la même tenue exquise que vous portiez au bal, coiffée pareillement et votre merveilleux collier de perles et diamants à votre cou de cygne.

Dans l'attente d'une réponse favorable, je dépose à vos pieds mes plus admiratifs et respectueux hommages.

Comte Thégonnec de Kerrosenn

PS : Les photos de « Point de Vue » ne rendent pas suffisamment hommage à votre beauté, vous qui étiez ce soir-là la véritable étoile de ce bal, radieuse et incomparable.

Baronne Le Bléveau
au comte Thégonnec de Kerrosenn

Paris, le 23 juillet 1968

Cher comte,

Votre lettre a été lue, vos roses acceptées et vos vœux exaucés. Je ne peux rien refuser à un ami de mon fils.

Je vous attendrai le 28 juillet à 14 h 30, à la maison, parée et coiffée comme vous le désirez.

Pour me remercier de me prêter à votre objectif, vous me donnerez une vingtaine de portraits que je pourrai distribuer à ma famille, ravie de cette attention.

Au 28 donc,

Gigi Le Bléveau

Comte Thégonnec de Kerrosenn
au duc Hélie de Larochemigène

Paris, le 28 juillet 1968

Monsieur le Duc,

Le jour qu'il vous plaira, à l'heure qu'il vous plaira, où il vous plaira, je viendrai vous remettre le « collier du Sacre ».

Ne me demandez pas comment j'ai pu m'en saisir ! Sachez seulement que je suis un ami d'enfance de votre neveu Marc-Aurèle, soucieux de préserver l'honneur de sa famille et désireux de satisfaire sa tante Berthe, qu'il chérit comme une mère.

Croyez, Monsieur le Duc, que ce fut un plaisir d'accomplir cette mission délicate pour vous rendre justice.

Comte Thégonnec de Kerrosenn

PS : Maman m'a dit que vous aviez été son cavalier au bal des Chouan-Rabot en mai 1939 et que vous y fûtes un merveilleux danseur.

Hélie de Larochemigène à Marc-Aurèle

Charlemont, le 1er août 1968

Mon beau neveu,

Quelle victoire et quel soulagement ! Tu es un vrai James Bond ! Menant tambour battant l'opération « Collier du Sacre » avec intelligence et discrétion ! L'honneur de nos familles est sauf !

Cette « affaire du Collier » connaît un dénouement heureux par le truchement du jeune Kerrosenn, qui, tel d'Artagnan allant quérir à Londres les ferrets de la reine pour les rapporter aux pieds d'Anne d'Autriche, a accompli avec panache sa périlleuse et chevaleresque mission. Figure-toi que j'ai très bien connu la mère de Thégonnec, née Plouganou, et que nous sommes cousins par les Foudre-Clairvaux.

Nous avons gardé à dîner ton ami Thégonnec, qui a mangé des yeux notre petite Marie-Bénédicte pendant toute la soirée ! Elle paraît, elle aussi, sous le charme de ce jeune gaillard bien né, joli garçon, qui aime les chevaux, la chasse et la campagne. Un parfait gentilhomme.

Dis-lui qu'il peut faire sa demande, nous lui accorderons bien volontiers notre fille, dont la dot tient en la propriété de Mont-Vermeil, grande bâtisse du XVIe siècle sise à quarante-cinq kilomètres de Paris, avec mille six cents hectares de bois, bonnes terres et étangs alentour.

Merci, beau neveu, de ton entregent efficace. Et silence, maintenant, SILENCE sur cette regrettable affaire.

Ton oncle Hélie,
qui te félicite et te serre sur son cœur

Gisèle Le Bléveau
à Thégonnec de Kerrosenn

Paris, le 8 septembre 1968

Mon grand fou,

Me voici revenue à Paris où je vous attends, oui je vous attends dans la fièvre, l'impatience, le désir. Quand allez-vous me prendre, me reprendre comme un hussard, un cosaque, une bête ? Venez vite déchirer mes dessous, mordre mes seins, lécher ma (censuré), sucer mon (censuré), mettre votre (censuré) dans ma (censuré) et dans mon (censuré) !

Quand je pense que j'ai dû attendre l'âge de trente-quatre ans (j'ai eu mes enfants très jeune) pour connaître grâce à vous ce délicieux tremblement de tout mon être, ce tsunami ravageur, cet ouragan de volupté !

Venez vite, beau comte, jeune canaille, petit voyou, tendre poète, immense artiste, venez ranimer mes sens assoupis et me rendre mon collier, que vous avez sans doute tenu à garder en souvenir de notre nuit magique.

J'y tiens ÉNORMÉMENT.

Je baise votre brûlante épée,

Gigi

4

FAIRE-PART, 1970-1972

Un enterrement et quatre mariages

Madame Fichini arriva avec une toilette d'une élégance ridicule pour la campagne.

Comtesse de Ségur,
Les Petites Filles modèles

Appartenir à la bonne société n'est qu'assommant, en être exclu est tragique.

Oscar Wilde

Extrait du journal *Le Phare de Ré*, juillet 1970 :

Disparition en mer du général Le Bléveau

Embarqué sur son Corsaire le *Duguay-Trou II* avec trois amis, par une mer d'huile et un temps radieux, le général Le Bléveau s'est noyé au large des Baleines.

Selon les témoignages de ses compagnons, un violent coup de bôme aurait projeté le général par-dessus bord au cours d'un empannage par vent arrière. Malgré les recherches désespérées de nos courageux sauveteurs en mer, le corps n'a pu être retrouvé.

Extrait du journal *Le Monde*, juillet 1970 :

La mort du général Albert Le Bléveau

UNE SEMAINE après sa disparition en mer, le corps du général Le Bléveau a été découvert, le 24 juillet, sur la plage du Petit-Bec, au nord de l'île de Ré.

Les honneurs militaires seront rendus au général Albert Le Bléveau dans la cour des Invalides le 27 juillet à 16 heures.
Né le 16 août 1912 à Paris, ce descendant de maréchal d'Empire était un homme de conviction, intransigeant, courageux, voire téméraire. Sorti major de Saint-Cyr en 1935, le commandant Le Bléveau, fait prisonnier en 1939, réussit à s'évader d'Allemagne pour gagner l'Angleterre. Il participe à plusieurs missions en France, où il est arrêté en 1942 par la Gestapo. Torturé, déporté vers l'Allemagne, il parvient à sauter du convoi. Il repartira très vite pour l'Afrique du Nord et fera la campagne d'Italie aux côtés du maréchal Juin.
Grand-Croix de la Légion d'honneur, compagnon de la Libération et ancien colonel des Forces françaises libres, le général Le Bléveau prend ses distances avec de Gaulle après 1962. On se souvient de son coup d'éclat au mont Valérien, le 18 juin 1964. Quand le Général s'adresse à lui : « *Alors, Le Bléveau, on ne salue plus ?* », il répond : « *J'ai pu saluer le chef de la Résistance. Je ne salue pas le bradeur de l'Empire !* »
Depuis les années 60, il se consacrait à la rédaction de ses souvenirs : *Général, nous voilà !* (1961), *Père, pourquoi m'as-tu abandonné ?* (1964). Il venait de mettre un point final à son ouvrage, *Enfants perdus de 68*.

~

Baronne Gisèle Le Bléveau à lord Macdow

Paris, le 29 juillet 1970

Gordon, mon cher ami,
Vous étiez si proche de ce pauvre Albert qui vous aimait beaucoup. Son enterrement a été

grandiose, avec une foule de ministres, présidents, généraux, venus me saluer et me transmettre leurs condoléances.

Quand je pense à la mort stupide de mon mari qui se disait excellent marin, je suis accablée ! En plein été, me voilà obligée de rester à Paris pour m'occuper d'une quantité épouvantable de paperasse. Je suis ivre de fatigue et d'angoisse. J'ai bien peur d'être gênée financièrement.

Comme je me sens seule, Gordon ! Votre amitié si précieuse m'aidera à supporter ma douleur. Ainsi que vous me l'avez proposé tant de fois, je vais venir me reposer à Lochdhu Castle pour deux ou trois semaines. Cela me fera le plus grand bien ! En mémoire d'Albert, j'aimerais me mettre au golf. Pourrez-vous m'initier ? À la semaine prochaine.

Votre amie dans la peine,

Gisèle

Lady Macdow à Gisèle Le Bléveau

Lochdhu Castle, le 4 août 1970

Vieux chose,

Je te prie rester dans le France et laisser ma Gordon tranquillement avec enfants, golf et Angela. Tu peux pas nous visite nous parce que mon mari avait dit toi, Gisèle, tu es malade avec ton tête. Alors tu restes dans le France, c'est la mieux pour tout le monde.

Toi, il n'est pas gentil d'écrire ton lettre quand pauvre Bertie il est pas encore froide. Lui si poli et joli compagnon. J'adore lui et tes garçons, si rigolos. N'est-il pas ?

Toi, tu voule mettre mon mari dans ton literie à le chasse, les années dernières. Je ne voulais plus voir toi, jamais. Tes garçons vient quand ils veut. Moi j'aime eux et Gordon aussi.

Adieu, vieux chose,

Lady Angela

Suzanne à Berthe

Paris, le 14 septembre 1970

Ma chère tante,

Merci de nous entourer de votre chaleur et de votre tendresse.

On peut dire que la disparition de Papa laisse non pas un vide, mais un trou sans fond, un abîme ! Il était attentif, loyal et aimant. Il nous manque tant !

Surtout, le comportement de Maman nous inquiète. Artistement drapée dans des voiles noirs, elle a fait placer une immense glace dans la salle à manger et dîne en face de son propre reflet, le sourire satisfait, le teint pâle. Son allure figée, son accoutrement, son mutisme et son obsession du remariage la rendent terrifiante. À la moindre allusion à notre pauvre père, elle nous lance un œil venimeux et plonge dans sa corbeille garnie des médicaments les plus variés pour avaler deux ou trois cachets !

Tante Berthe, Maman deviendrait-elle piquée ? Nous sommes tous dévorés d'angoisse.

Remerciez aussi le père Moufle, qui a su trouver des paroles réconfortantes.

Je vous embrasse,

Suzanne

Fiona à Suzanne

Athènes, le 2 janvier 1971

Petite Suze,

Bonne année ! Je me fais voir par les Grecs, peuplade bruyante, agitée et sympathique, malgré la présence vigilante, moustachue et soupçonneuse des colonels et de leurs sbires. Beau pays, beau temps, beaux musées poussiéreux (moins qu'Octave) mais intéressants (des vases instructifs et rigolos).

À notre arrivée à l'École d'Athènes, nous tombâmes sur Octave, extrêmement concentré devant une pierre plus haute qu'un menhir couverte de graffitis. Je le sortis de ses investigations épigraphiques d'un allègre : « Ave, Octave ! » Il leva un œil sévère, et voici qu'à la vision de ma camarade Henriette Henrieux Octave demeura interdit, tel un ange foudroyé, la main droite crispée sur une brosse en sanglier, la gauche brandissant une éponge dégoulinante. Amour venait de le frapper au cœur.

Afin de se donner une contenance, il commença, d'une voix étranglée et en détail – tu connais l'animal ! –, à l'entretenir de l'objet de ses recherches, « ces inscriptions gravées par le lapicide… ». Et Henriette, elle aussi touchée par les flèches d'Éros, de gazouiller : « Un tueur de lapin ? Comme c'est triste ! » Eh bien, Octave l'Austère, Octave le Sourcilleux, Octave le Susceptible, Octave ne broncha pas, resta de marbre (du Pentélique) et sourit, béat, le regard perdu. L'éveil des sentiments entre ces deux êtres purs comme des Enfants de Marie fut un instant magique. Deux jouvenceaux que tout oppose attirés l'un vers l'autre, comme le clou vers l'aimant. « Octave La Musaraigne et Henriette Le Percheron, Triste Sire et Sourire d'Ange, Face de Carême et En-rillette, Robe de Bure et Notre-Dame des Colifichets vous font part de leur coup de foudre, alléluia, alléluia ! »

Cependant, un doute m'habitait. Notre Octave, qui n'a jamais perdu de vue ses intérêts (telle mère, tel fils), avait-il, dans une intuition fulgurante, pressenti l'assise financière de l'Élue au premier coup d'œil ? Probable, car je dois dire que feu Louis XI et son chapeau à médailles, drelin, drelin, la Noiraude et sa cloche descendant au pré, ding, dong, font moins de boucan qu'Henriette harnachée de son sac Hermès, sa montre Hermès, ses gourmettes Hermès, sa ceinture Hermès, ses bagues Cartier, ses breloques Cartier, ses boucles d'oreilles Cartier qui tintinnabulent dès qu'elle lève l'auriculaire.

J'observai l'œil brillant d'Octave et son large sourire quand Henriette évoqua l'hôtel particulier de Neuilly (bourré de meubles au style indéterminé – je pencherais pour du Louis extrêmement Neuf – sortis des ateliers Henrieux, père et fils, faubourg Saint-Antoine). Mais je m'arrête là, car je fais « langue de pute », à l'instar de notre mère…

À propos de Maman, Marc-Aurèle m'a écrit qu'elle s'était fait tirer (la peau seulement) et qu'à Noël elle ressemblait à un hamster. J'ai hâte d'apprécier le résultat des travaux de ravalement.

Je t'embrasse et je rentre le 15 janvier.

Fiona

Suzanne à Fiona

Paris, le 9 janvier 1971

Ma bonne sœur,

En vérité, Maman a croisé le chemin d'un chirurgien de l'extrême. Ses petites oreilles plaquées, son œil étiré sous sa frange aile de corbeau, son nez aplati lui donnent l'air avenant d'un pékinois prêt à mordre. Une réussite absolue. Seule la coiffure bétonnée reste à sa place. La chasse à l'homme peut commencer. Elle a confié à Marc-Aurèle qu'elle voulait se remarier très vite parce qu'à trente-huit ans – elle a eu Octave à douze ans ! – elle comptait « refaire sa vie » (voilà qu'elle s'exprime comme « La Veillée des chaumières » !). Je crains que la mort de Papa ne l'ait rendue imbécile, par-dessus le marché. Docteur, si nous envisagions un lifting des neurones ?

Dieu merci, je quitte la maison en mai afin de rejoindre Pierre à Genève. Joie, joie, pleurs de joie ! C'est un parpaillot, pour la plus grande douleur de tante Berthe, mais tant pis, nous allons vite convoler et mettre en chantier trois ou quatre petits Suisses. La petite maison dans la prairie, j'en veux (docteur, c'est contagieux !).

Je t'embrasse, ainsi qu'Octave le Bienheureux et Henriette.

Suzanne

PS : Les Schlumpf m'ont fait bon accueil. Ils habitent une grande maison sur le lac, moins riante que celle de « Psychose » (meubles énormes, tableaux bitumeux, tentures verdâtres, <u>une</u> loupiote allumée par pièce), qui donne au visiteur l'envie de se pendre haut et court et sur-le-champ dans la cage d'escalier. Banquiers HSP peut-être, mais radins, c'est certain !

PPS : Puisque tu me demandes pourquoi ta vie sentimentale se barre en quenouille, je me permets de t'envoyer ce « Récapitulatif de tes amours impossibles » :

1. Papa : déjà pris (par moi)

2. Bouli : fox à poil ras

3. Sœur Sourire : déjà prise par le Père, le Fils, etc.

4. Gérard Philipe : décédé

5. L'Homme au gant de Titien : peinture à l'huile

6. Pierre-Alain : amoureux de sa sœur

7. Alberto : homosexuel
8. Robert : homosexuel
9. Rahji : trop indien
10. Olaf : trop scandinave
11. Sélim : trop marié
12. Juan-Carlos : trop divorcé
13. Ivan : trop célibataire

Cherche l'erreur et concentre-toi sur <u>tous les autres</u>.

~

Berthe à Fiona

Charlemont, le 10 janvier 1971

Ma nièce chérie,

Tu es bien mignonne de nous envoyer cette jolie carte d'Athènes. Quel bel athlète ! Est-ce le costume habituel ? Quel bonheur d'être entourée d'une gentille famille, unie et tendre ! J'en remercie Dieu tous les soirs.

Seule ta pauvre Maman me soucie : elle réagit très mal à sa situation de veuve. Comme elle pleurait encore misère, hier, nous lui avons conseillé de vendre le boulevard d'Auteuil pour un appartement plus petit. Elle a poussé les hauts cris, en me traitant de tous les noms d'oiseaux ! Elle n'est plus du tout raisonnable. Même Marc-Aurèle, si plein de tact, n'a pu se faire entendre.

À ce propos, ton frère nous inquiète car il a fait la connaissance à l'ENA d'un socialiste (et sûrement franc-maçon, d'après Hélie), dont il ne cesse de vanter les qualités. Pour Marc-Aurèle, « Jean-Pierre Cave est un homme aux convictions généreuses et sincères, intime de François Mitterrand qui sera l'homme providentiel dont la France a besoin ». Quelle horreur ! Toi qui es proche de Marc-Aurèle, tente de le reconduire dans le droit chemin, sinon son âme est en grand péril et son honneur perdu dans le scandale.

Bonne nouvelle : son ami Thégonnec de Kerrosenn, qui n'a pas fait l'ENA mais a des opinions convenables, a demandé la main de Marie-Bénédicte ! C'est un garçon délicieux qui n'a pas réagi aux propos discourtois de ta mère à son égard. En revanche, le jeune Tristan Moufle lui a tapé dans l'œil. Elle n'a parlé qu'à lui pendant tout le déjeuner. C'était un peu incongru. Ta mère nous fatigue vraiment !

Viens nous voir à ton retour. Embrasse notre

petit Octave, qui au contraire de son frère a les idées bien en face des trous.

Tout le monde t'embrasse.

Tante Berthe

Octave à Gisèle

École d'Athènes, le 11 janvier 1971

Chère Maman,

Comment allez-vous ? Arrivez-vous à vous sortir des tracasseries administratives sans l'aide de Marc-Aurèle, mieux placé que moi pour vous seconder ? En effet, je suis trop loin pour vous être de quelque utilité et, en outre, je ne comprends rien aux chiffres.

J'ai eu le plaisir d'avoir la visite de Fiona, accompagnée de son amie Henriette Henrieux. C'est une charmante jeune fille, joueuse de golf (23), dont le père possède une entreprise florissante et que j'ai l'intention d'épouser l'année prochaine. Elle va rester à Athènes jusqu'à la fin du mois, chez mon ami Périclès Papadopoulos, éminent philologue d'excellente famille qui parle un nombre incroyable d'idiomes et déchiffre même le linéaire B et le cunéiforme !

Pour les fiançailles, étant l'aîné et, par la force du destin, seul baron Le Bléveau, je désire offrir à Henriette le solitaire que ma grand-mère paternelle portait toujours. Je compte aussi demander à maître Dragon la part d'héritage de mon père. Pouvez-vous le prévenir de tout mettre en ordre pour le mois de mai ?

Je vous embrasse,

Octave

Gisèle à Octave

Paris, le 16 janvier 1971

Mon cher fils,

Ces fiançailles sont prématurées. Qui est cette Henriette Henrieux et qui sont ses parents, qui ne figurent pas dans le Bottin mondain ? Tu devrais réfléchir avant de t'engager et penser au poids d'une mésalliance pour notre famille (des fabricants de meubles !).

Quant à lui offrir la bague que ton père m'a donnée, tu rêves, et pour l'héritage paternel aussi. Sache que les Le Bléveau sont ruinés depuis le Second Empire et que nous n'avons pu subsister que grâce à MA dot.

Suzon quitte Paris avec l'idée de se marier elle aussi, et avec un huguenot, par-dessus le marché ! Décidément, c'cst une manie !

Tes histoires de vieux Grecs me passent au-dessus de la tête. Je suis encore très fatiguée par les épreuves, alors ne m'accable pas avec des lettres qui n'en finissent pas. Connais-tu le jeune neveu du père Moufle ? Voilà un garçon charmant et cultivé. Pas comme ce Thégonnec, un intrigant et un mufle qui veut épouser ta cousine !

Ta mère qui t'embrasse,

Gisèle

Gisèle à Berthe

Paris, le 18 janvier 1971

Ma chère Berthe,

Le déjeuner de nouvel an a été très éprouvant pour moi, en partie par ta faute. Il est cocasse de t'entendre me conseiller de déménager d'un appartement où j'ai mes plus chers souvenirs quand, toi, tu te pavanes dans un château de trente pièces. J'imagine que tu me verrais bien faire moi-même les carreaux et le repassage ! J'osais penser que ton mari et toi me donneriez un coup de main pour que je puisse continuer à tenir mon rang. Si la charité chrétienne se refuse à sa propre famille, où va le monde ?

Autre détail qui me chagrine : l'arrivée d'un vaurien dans notre famille. Je veux parler de ce Thégonnec, connu pour son goût du jeu (dettes de poker, dit-on) et des aventures féminines. Je vous aurai prévenus ! Le petit Moufle en revanche est extrêmement sympathique. Ultime coup de poignard : mes enfants ont soudain tous (sauf Fiona, assez ingrate physiquement) l'envie de se marier. À leur âge ! Marc-Aurèle traîne à ses basques une certaine Victoire d'Aycard, horriblement snob et fatigante. Pour couronner le tout, elle est cousine de ce Thégonnec qui ne vous apportera que des ennuis.

Enfin, pour conclure, ma santé me cause d'énormes inquiétudes, mais je pense que tu n'en as rien à faire.

Je t'embrasse, malgré ma peine,

Gisèle

Extrait du journal *Le Figaro*, juin 1971 :

Carnet du jour

La baronne Albert Le Bléveau, née Gisèle d'Arbrun
En union avec le général Albert Le Bléveau (†)
Monsieur Henri Schlumpf et madame,
née Marthe Zeller

Sont heureux d'annoncer les fiançailles
de leurs enfants

Suzanne et Pierre

Paris - Genève

Monsieur Robert Henrieux et madame,
née Muguette Drouet,
La baronne Albert Le Bléveau, née Gisèle d'Arbrun
En union avec le général Albert Le Bléveau (†)

Sont heureux d'annoncer les fiançailles
de leurs enfants

Henriette et Octave

Neuilly - Paris

Le marquis Alban d'Aycard et la marquise,
née Gersande Poisson
La baronne Albert Le Bléveau, née Gisèle d'Arbrun
En union avec le général Albert Le Bléveau (†)

Sont heureux d'annoncer les fiançailles
de leurs enfants

Victoire et Marc-Aurèle

Paris

Fiona à Suzanne

Paris, le 7 juillet 1971

Ma chère Suzon,

La réception de fiançailles d'Octave et Henriette fut un pur régal. Octave, resplendissant de bonheur, semblait planer à vingt centimètres au-dessus du sol, couvert d'une moquette orange à longs poils (le sol, évidemment). Henriette, très émue, arborait un diamant gros comme un bouchon de carafe, à la grande fureur de Marc-Aurèle qui crut reconnaître la bague de Mère-Grand. Que nenni ! Les Henrieux ont la bonté de fournir, outre leur fille unique, la table (excellente), le couvert (en vermeil), le gîte (vaste comme un hall de gare), l'engin de huit carats et une dot plus que respectable (une maison à Saint-Cloud). Octave pourra travailler à ses recherches sans se soucier des fins de mois.

Autre grande joie : les parents d'Henriette appartiennent à l'espèce rarissime des oiseaux de bon augure, qui considèrent la vie non comme une vallée de larmes, un pensum, une route parsemée d'embûches, mais comme un bon moment à passer le plus joyeusement possible. Dehors, la culpabilité judéo-chrétienne, oubliée, la prise de chou existentielle, foin du mur des Lamentations ! Dieu que c'est bon !

Robert, le père – un mélange de Robert Lamoureux pour la tchatche et d'orang-outan pour la pilosité –, a vigoureusement secoué les phalanges d'oncle Hélie en bramant : « Appelez-moi Robert, mon duc – ou dois-je dire mon pair ? » Oncle Hélie, très grand genre, lui répond de dire Hélie tout court. Et là, Robert de s'étonner : « Vous êtes juif, mon duc ? » Devant les dénégations étonnées de l'oncle, il s'exclame : « Y a pas de mal, monseigneur ! »

Muguette, son épouse, sosie de Mireille Darc, a l'œil qui frise et la langue bien pendue (elle a sauté sur tante Berthe en la hélant d'un « ma paire » assez canaille). Légèrement éméchée, elle n'a pas loupé Victoire, qui faisait bruyamment état de son féminisme militant : « Une MLF qui n'est pas coiffée comme un dessous de bras et qui a quitté sa salopette, ça s'arrose ! » Et pour Marc-Aurèle, qui errait de salon en salon avec le sourire contraint du grand bourgeois tenu de participer à « Fantasia chez les ploucs », une dernière louche : « Ça ne vous fait pas tout drôle de fréquenter des cocos, vous qui avez l'air d'avoir un parapluie où je pense ? »

Le choc des cultures a commencé. Le sang vif et neuf de la famille Henrieux vient à point nommé filer un coup de jeune aux vieilles branches, un vent frais et revigorant dépoussière nos traditions séculaires. Bienvenue à la belle Henriette !

À bientôt, ma toute bonne,

Fiona

Suzanne à Fiona

Genève, le 2 septembre 1971

Fion-Fion,

Branle-bas de combat chez les huguenots pour le mariage de ta sœurette, le 16 octobre ! Les Schlumpf ont commencé d'aérer les jupes en loden, de brosser les croquenots, d'épousseter les chapeaux verts à plume de faisan. Mine de rien, ils font toujours la leçon (« Il n'y a que les ploucs ou les cathos pour se déguiser à un mariage »). Ma belle-mère, qui a l'air d'une otarie coiffée d'une bouse, prendra, en toisant notre parentèle, son air d'archiduchesse en visite chez ses vilains, la moustache frémissante, les varices gonflées à bloc, prête à nous mollarder en pleine gueule. J'observe que le style Schlumpf est un audacieux mélange d'avarice sordide, de modestie ostentatoire, d'intolérance feutrée, de compassion feinte, le tout se transmettant depuis feu Calvin à chaque génération, comme les immeubles cossus du quai des Belges et l'éducation étriquée du parpaillot pur bile.

À propos d'étriqué, as-tu croisé Octave récemment ? Entièrement « relooké » par Henriette et méconnaissable à un point… Avant, c'était Du Guesclin en velours côtelé, maintenant c'est Luis Mariano dans « Violettes impériales ». Je ne sais pas quel coiffeur dément a réussi à donner du volume à ses cheveux raplapla, mais le voilà avec des reflets abricot, les mèches gonflées et vigoureusement maintenues en arrière par un kilo de gel. « C'est mâââââgnifiqueueueueu. » Le plus joli, c'est le costume ivoire, la cravate à gros pois blancs sur fond rouge, large comme un bavoir, le ceinturon à boucle dorée (Hermès) et les pompes bicolores de maquereau marseillais.

Bien, élevons le débat d'un cran : Octave était de passage à Genève pour participer à un congrès sur le thème un peu trop racoleur des « Lois gymnasiarchiques en Macédoine à l'époque de Philippe II ». Je lui ai suggéré des sujets plus sympa tels « Ah ! Les belles Bacchantes ! », « Priape et ses compagnes », « Le Bataillon sacré ou la sodomie dans l'armée thébaine ».

Pour son mariage, je me suis offert, chez Chloé à Paris et pas chez Décrochez-moi-ça à Genève, une robe ravissante et un chapeau aux petits oignons qui va décoiffer ! J'ai l'air d'une petite fille modèle selon Pierre, d'un champignon vénéneux selon Octave.

Et toi, où en sont tes amours ? J'ai ouï parler par Octave, qui semble le trouver très astucieux, d'un pédopsychiatre corse (mon Dieu !), sensible à ton charme qui est grand, à ton tonus qui ne l'est pas moins, à ton sein généreux et à tes yeux de chien de traîneau (mais pas de chienne de traînée). Je veux <u>tous</u> les détails et des photos.

Je t'embrasse,

ta jumelle pour la vie, Suzanne

Berthe à Gisèle

Charlemont, le 20 octobre 1971

Chère Gisèle,

Le mariage de Suzanne et Pierre n'a pas réussi à te rendre le sourire. Alors que tout était parfait, hormis la cérémonie réformée au temple – tu noteras que les catholiques sont toujours les premiers à déposer les armes et à faire preuve de tolérance –, tu avais la mine renfrognée et le regard noir. Une vraie caricature de « belle-mère ». Tu es si belle quand tu souris ! C'était un grand jour heureux, petite sœur, et Pierre ne fait rien que d'aimer ta fille, un trésor que Dieu t'a confié. Au lieu de bouder, pense à remercier le Ciel qui t'a donné quatre enfants magnifiques et en bonne santé.

Par ailleurs, nous sommes mécontents de subir tes commentaires désobligeants sur notre futur gendre, si convenable et si courtois. Hélie te demande de mettre un bémol à tes insinuations qui ont bouleversé notre petite Marie-Bénédicte ! Si tu devais récidiver, nous nous verrions contraints de ne plus te recevoir aux réunions de famille ! J'en serais bien malheureuse, Gisèle, mais tu mets en péril le ménage de notre fille et de l'aimable Thégonnec. Fais ton examen de conscience et demande pardon au Seigneur de tes vilaines paroles.

Crois-tu que nous ameutions les foules quand Victoire prend ses airs de « femme moderne » et aguiche les hommes mariés (même Hélie, à son âge !) ?

Fiona nous a présenté son ami, un médecin corse peu causant mais joli garçon et catholique. Je crois avoir compris qu'il était psychiatre pour pédérastes. Drôle de spécialité, mais je fais confiance à Fiona, un peu originale, mais si vive et si affectueuse avec nous.

Ma petite sœur, prends bien soin de toi et aussi des tiens !

Je t'embrasse,

Berthe

Fiona à Suzanne

Paris, le 4 janvier 1972

Ma toute bonne,

Que cette année, la première de ta vie d'esclave soumise au Mâle dominant (ainsi parlait Kate Millett), t'apporte mille bonheurs : un mixer, une lessiveuse, deux fourchettes à gâteau, trois quatre-quarts et un beau petit dont la mise en route a dû être source de bien des joies, à en juger par ta mine réjouie et le ventre rebondi que tu arbores, tel un saint sacrement, sur les photos de Noël !

Dernières nouvelles du front : l'entrevue que notre future belle-sœur Victoire eut avec Marie-Valentine de Golaille, lassée de faire l'OS chez Renault, la bonne, la maman et la putain chez son maoïste, mou et filandreux comme une asperge trop cuite, et qui est retournée dans le chaud cocon familial de l'avenue Henri-Martin. Voici ce qui en ressort – et estime-toi heureuse que je n'ajoute pas « à boudin ».

Victoire : Quelle fatigue ! Entre les préparatifs de mon mariage le 17 juin (mille invitations au moins), ma mission bénévole pour l'Association des Aristocrates aux Abois (ADAAA) qui me supplie de lui donner un coup de main (quelle corvée ! mais je n'ai pas le cœur de les décevoir), mon énorme dossier de presse à boucler pour le Rayonnement des Artistes Lyriques (RAL), le tournoi de tennis du Polo que j'ai remporté, les visites à la tante Maud à l'agonie et qui ne veut voir que moi, je suis sur les rotules !

Marie-Valentine : Mmmmm ????

Victoire : Enfin ! Dieu soit loué, je pars pour trois grands jours à New York avec Marc-Aurèle pour me ressourcer, me déstresser dans cette ville que j'adore complètement. Au programme : Met, MOMA ; jogging, shopping. Pour me permettre de prendre un vrai recul par rapport à ma vie de folie, Marc-Aurèle me fait relire Sénèque, que j'adore aussi, autant que Duras et Chapsal.

Marie-Valentine : Ahhhh !

Victoire : Marco est vraiment un amour, mais alors sa famille (je ne parle bien sûr pas des délicieux Larochemigène), quel boulet ! Ne parlons pas de ma belle-mère Gisèle, qui se rajeunit de vingt ans et terrorise ses enfants ! Je l'ai mise dans ma poche en la caressant dans le sens du poil et en la flattant sans vergogne ! Ne parlons pas non plus de l'inénarrable Henriette, décolorée, vulgaire, qui n'offre d'autre intérêt que d'être pleine aux as.

Quant à Octave, déjà aigri, il est maladivement envieux de Marco, qui a tout pour lui !

Marie-Valentine : Hein ????

Victoire : Parlons encore moins des jumelles ricanantes et irrévérencieuses à un point ! Mais Marc-Aurèle les adore ! Alors je fais mine de les aimer aussi, mais je compte bien éloigner ces deux folles de mon foyer. J'ai horreur des histoires. Enfin ! Je suis heureuse d'épouser Marco, qui me gâte énormément. Professionnellement, j'ai des propositions fabuleuses ! La vie est belle, non ?

Marie-Valentine : Pffffffff !!!

Victoire : Excuse-moi de t'interrompre, je file au Polo chercher ma coupe ! On s'appelle à mon retour !

Et voilà le travail ! Enlevez, c'est pesé. Elle va en faire une tronche, la Victoire, en revenant des States – pour parler son jargon de Parisienne débile –, quand elle apprendra mon mariage en Corse (« J'adoooore ces peuplades tellement authentiques ! »), avec pour témoins deux chèvres et un cochon sauvage !

Porte-toi bien, ma sœur,

Fiona Tarquini

5

CARRIÈRES, 1981-1982

La Victoire en chantant…

Un homme soucieux de sa carrière n'a pas de temps à perdre avec sa femme et ses amis ; il doit le consacrer à ses seuls ennemis.

Thomas Hobbes

Berthe à Gisèle

Charlemont, le 14 juin 1981

Ma chère sœur,

Quelle catastrophe de voir les Rouges au pouvoir ! Hélie a conseillé aux enfants d'émigrer, comme en 1791, sans attendre le bain de sang. Thégonnec, Marie-Bénédicte et leurs quatre enfants vont partir pour Québec, loin de cette engeance !

Hélie-Anne et Foulques préfèrent affronter le danger et sont prêts à défendre la patrie jusqu'à la mort ! Mes pauvres petits ont du courage à revendre. Nous attendons les cocos de pied ferme et sommes équipés pour tenir un siège. J'ai stocké des kilos de farine, sucre, pâtes, riz, des litres d'huile et d'essence. J'ai même congelé trois veaux, deux sangliers, cinq porcs, des mètres de saucisses et des dizaines de volailles. Je suis en train de faire des pâtés et des terrines avec Lucie. D'après Hélie, nous pouvons vivre en otarie. Naturellement, Charlemont pourra accueillir toute la famille, même ce félon de Marc-Aurèle, qui risque de payer cher sa trahison !

Voir les socialos dans les ors des palais nationaux donne la chair de poule. Comme d'habitude, me rappelle Hélie, ils videront les caisses, voleront les tapis des Gobelins et désarmeront notre France, qui n'en demandait pas tant ! Ce sont eux les responsables de la débâcle française en 39, avec leur Front populaire et leur Blum ! Avant guerre, les employés sifflotaient gaiement en travaillant. J'entends encore Falconetti repeindre le salon en chantant « Funiculi, funicula » et Céleste astiquer les cuivres en récitant son chapelet. Aujourd'hui, ils manifestent à tout bout de champ et haïssent leur patron. « Ne mords pas la main qui te nourrit », dit le proverbe.

Le père Moufle dit que Dieu a choisi une place pour chacun en connaissance de cause et que la haine de classe n'est pas plus chrétienne que le racisme. Il croit que Dieu nous envoie Mitterrand pour punir le pays de son impiété. Sur ses conseils, nous faisons dire des messes pour que le

Seigneur rétablisse l'ordre et ramène le peuple à la raison.

J'ai appris par Suzanne la naissance de son cinquième enfant. Quel gentil couple et quelle belle famille nombreuse ! J'ai calculé que tu avais douze petits-enfants ! Voilà l'avenir de la France ! Espérons qu'ils vivront sous de meilleurs hospices !

Donne vite de tes nouvelles. Sois prudente et rejoins-nous si tu te sens trop seule.

Nous t'embrassons,

Berthe

Gisèle à Berthe

Ars-en-Ré, le 14 juillet 1981

Ma pauvre Berthe,

Décidément, tu perds la raison ! Tu gobes n'importe quoi. Le siège que tu envisages de soutenir peut durer un septennat, voire deux. Estime-toi heureuse d'avoir assez de place et de fortune pour accumuler plus de victuailles que n'en contiennent les Halles et cesse de radoter sur les grèves et tes serviteurs gnagnagna, c'est horripilant !

Quant à la fuite de Thégonnec et consort outre-Atlantique, elle donne la mesure de la couardise de l'« homme » que tu as pour gendre. Vous devriez paniquer d'autant moins que Marc-Aurèle m'a assuré que vos propriétés et vos objets d'art ne seraient ni confisqués, ni brûlés, ni réquisitionnés et que personne ne serait guillotiné. Mitterrand le Sanguinaire va même supprimer la peine capitale. Ce sont eux, à présent, les « gens des châteaux ». Il va falloir t'y faire !

Je fais confiance à Marc-Aurèle, sensé et prévoyant, qui dîne avec les ministres les plus influents et a été présenté au président la semaine dernière. Il m'a dit que j'aurai la Légion d'honneur si je le désire. Avec tous les malheurs que j'ai subis et les épreuves qui m'accablent (santé défaillante, fin de mois pénibles, indifférence de mes trois autres enfants), ce ne serait que justice.

Et puis arrête de me casser la tête avec mes petits-enfants. S'ils m'appellent « tante Gigi », c'est qu'ils ont observé que je n'avais ni l'allure, ni les préoccupations, ni le visage d'une vieille femme.

Ma belle-fille Victoire me dit que j'ai l'air d'être sa grande sœur.

Je t'embrasse,

Gigi

~

Extrait du journal *Le Monde*, février 1982 :

Création d'un secrétariat d'État aux jeunes et aux quartiers

DÉPENDANT directement du ministre de l'urbanisme et de l'urbanité Jean-Pierre Cave, Marc-Aurèle Le Bléveau, énarque de 33 ans, vient d'être nommé secrétaire d'État aux jeunes et aux quartiers. Membre très actif du parti socialiste, il quitte la Cour des comptes pour entrer immédiatement dans ses nouvelles fonctions.
Il s'est déclaré « *très préoccupé par l'actuelle détérioration du tissu social dans les banlieues et par le sentiment d'abandon éprouvé par les jeunes, souvent issus de l'immigration* ». Marc-Aurèle Le Bléveau prévoit d'être « *très présent sur le terrain et attentif aux signaux forts, lancés par des enfants sans repères, à la recherche d'une identité sociale, culturelle et trop souvent victimes de rejet au sein de l'école, de la cité et de la société tout entière* ».

~

Fiona à Suzanne

Paris, le 20 juin 1982

Ma toute bonne,

Grand branle-bas dans le Landerneau parisien ! Toute la rive gauche est aux abois quand la rive droite tombe à la renverse de joie. Je te joins l'objet du délit, l'article qui affole les socialistes de tous bords et réjouit la famille entière, excepté le pauvre Marc-Aurèle, incapable de juguler la logorrhée de sa chère et tendre.

Ainsi que l'écrivait l'empereur éponyme Marc Aurèle dans ses « Pensées » : « Veille à accomplir ton devoir avec simplicité et modestie. » En voici la preuve flagrante. Musique !

Extrait du journal *Le Figaro Madame*, juin 1982 :

Femmes en vue

Une interview exclusive de Victoire d'Aycard
par Guillonne Perruchet

La ravissante Victoire, attachée de presse du grand couturier Haakon Inlandsis, est aussi l'épouse du secrétaire d'État aux Jeunes et aux Quartiers, Marc-Aurèle Le Bléveau, décidé à « se battre sur tous les fronts pour l'avenir des jeunes des quartiers ». Il lui a donné trois enfants, Ithier, Réale et Roch.

F. M. : *Comment faites-vous pour offrir ce visage serein et cette allure impeccable alors que vous menez une carrière éreintante, que vous épaulez activement votre mari et que vous élevez trois jeunes enfants ?*
V. d'A. : J'ai la chance de jouir d'une santé de fer et d'une énergie à toute épreuve. Mes parents m'ont légué des gènes de qualité supérieure !
F. M. : *Pouvez-vous décrire une de vos « journées types » ?*
V. d'A. : C'est le marathon ! Lever à 6 h 30, une demi-heure de gym, une douche écossaise, puis un petit déjeuner pantagruélique – j'ai la chance de ne jamais prendre un gramme – avec Marco et les enfants. C'est un rituel sacré ! À 8 h 15, je dépose mes poussins à l'école, je file au bureau et profite des feux rouges pour me maquiller légèrement. Me voilà avenue Montaigne, au travail jusque vers 13 heures ! Ensuite, déjeuner avec la presse, une cliente ou – trop rarement hélas ! – une amie (nous adorons refaire le monde entre filles). Je ne suis jamais à la maison avant 20 heures. J'embrasse mes trésors déjà en pyjama, un grand bain de dix minutes – mon seul luxe –, et à table ! Je m'astreins à dîner avec les enfants deux fois par semaine, quand nous n'avons ni réception officielle, ni soirée à l'Opéra, dont Marco et moi sommes fous, ni dîner entre amis. Extinction des feux à minuit !
F. M. : *Comment arrivez-vous à concilier la Haute Couture et la politique de gauche ?*
V. d'A. : Il est vrai que je pourrais devenir, entre guillemets, schizophrène ! Mais j'ai la tête sur les épaules et un cerveau bien organisé ! D'ailleurs, ces deux univers ne sont pas fata-

lement opposés. Haakon emploie dans ses ateliers une centaine de « petites mains » et il est sensible à leurs difficultés. Il ne fait pas mystère de ses opinions progressistes, que je partage complètement. J'ai le cœur à gauche malgré une éducation élitiste d'aristocrate pur jus ! Marco m'appelle la Baronne Rouge, c'est vous dire !

F. M. : *Avez-vous le temps de recevoir chez vous ?*

V. d'A. : Absolument. Deux fois par semaine, jamais plus, jamais moins. Mes dîners du dimanche dans la cuisine sont connus du Tout-Paris ! Je régale mes invités de mon risotto aux truffes et de mon soufflé glacé au chocolat. Et, en semaine, un dîner beaucoup plus formel. L'autre jour, Marco m'a fait la surprise de venir avec un couple d'artistes *rasta* très originaux et créatifs. C'est un univers beaucoup plus ouvert, généreux, que nos milieux d'origine et sans à priori. J'adore le choc des cultures, des races, des religions !

F. M. : *Qui a choisi le décor si raffiné et si original de votre appartement ?*

V. d'A. : J'ai la chance d'avoir de beaux meubles de famille et de l'or dans les doigts ! Avec l'aide d'une adorable amie dans le besoin, qui sait donner du chic à tout ce qu'elle touche, nous avons fait des merveilles !

F. M. : *En dehors de vos enfants, votre métier, vos obligations, votre maison, avez-vous encore du temps pour vous ?*

V. d'A. : Oui, et le temps libre, pour moi, ce sont mes auteurs chéris, dont je lis chaque soir quelques pages. Duras, bien sûr, l'immense Yourcenar, l'incontournable Madeleine Chapsal, Kate Millett, dont *Sexual Politics* reste ma Bible et mon Coran, et mon cher Sénèque, qui a changé ma façon de vivre le monde.

F. M. : *Et où aimez-vous vous ressourcer ?*

V. d'A. : Tous les ans depuis des années, je pars pour la Corse, au milieu de nulle part, dans une cabane en bois, avec la plus belle vue qui soit sur les îles Lavezzi et Cavallo.

Là-bas, je deviens une vraie *mamma* corse, cuisinant l'agneau au *brocciu*, le *fiadone*, en écoutant les chants polyphoniques.

F. M. : *Victoire, merci d'avoir répondu avec tant de grâce à nos questions indiscrètes !*

Et voilà le travail ! C'est Marc-Aurèle qui doit être heureux ! Lui qui cite les Anciens à tout-va méditera cette autre pensée de Marc Aurèle : « Rien n'arrive à personne que la nature ne l'ait fait capable de le supporter. »

Nous avons apprécié la « cabane en bois » (en fait, en red cedar) de Stronza, où les parvenus de la pub, les journalistes bien-pensants, les intellectuels trotskistes, les ministres socialistes viennent compatir au sort des « damnés de la Terre » en bouffant des langoustes sur leur terrasse et méditer sur la classe ouvrière en écumant les boutiques de Porto-Cervo.

Là, ça ne sent plus la bonne odeur du maquis, mais le pognon. Sur le seuil de chaque maison de Stronza, Delfino voudrait inscrire : « La mienne est plus grosse que la tienne » (ma villa, ma piscine, ma terrasse, ma fortune, ma réussite, ma zigounette).

À propos de journaliste, ma carrière professionnelle – si j'ose appeler ainsi ma maigre participation à « Marie-Belle » – menace de tourner en eau de boudin. Les kapos de la rédaction, dont le féminisme implacable n'a d'égal que la mesquinerie de petit chef et le goût des ragots de pissotières, ont laminé mon bel article sur Gauguin entre une paire de nichons (« L'hypertrophie mammaire, une souffrance ») et le pavé habituel du sexologue Jacques Zibmann (« Nous sommes toutes des clitoridiennes »). La semaine dernière, mon Poussin était submergé par « Comment jouir avec un éjaculateur précoce ? » et « Les larmes amères des fillettes de Manille ».

Comme je leur suggérais de mettre mon dossier « Picasso et ses femmes » entre « J'ai épousé un monstre génial » et « Séduire avec des oreilles décollées », j'ai perçu comme un frémissement d'indignation chez mes dames patronnesses. Quelle désinvolture ! Cette femme trahit les femmes ! Fiona l'Irrévérencieuse est un danger pour ses semblables ! Le ver est dans le fruit, le serpent dans notre sein, l'ennemi dans la place ! La prochaine fois, la porte ! J'ai senti siffler le vent du boulet…

En fait, ces petites dames, si indulgentes envers elles-mêmes et remplies à ras bord de nobles intentions – l'enfer n'en est-il pas pavé ? –, vomissent les filles en bonne santé, surtout si leur vie privée est à peu près harmonieuse et leurs seins haut placés. Gare à l'épouse rieuse, à la mère de famille primesautière, à la maîtresse de maison sémillante, à la journaliste décapante, à la catholique pratiquante, à la provocatrice sans foi ni loi ! C'est péché mortel, ma fille !

En revanche, tapis rouge pour la fillette excisée, la postière avortant sur une toile cirée, l'enfant violée par son grand-père, la prostituée toxicomane, la guerillera torturée à mort. Le fonds de commerce du journal, c'est désespoir sur papier glacé, entre mode de printemps et crèmes hydratantes. Et la bonne conscience assurée d'abord pour la rédaction, éperdue devant sa propre grandeur d'âme, ensuite pour les lectrices, révoltées et fascinées par les amochées de la vie, les mutilées des banlieues, les paumées des rues chaudes. Les bien-pensants me font gerber, les bien-pensantes itou !

Coup de bol, j'ai été contactée par deux éphèbes vibrionnants qui viennent de créer un nouvel hebdomadaire, « Regard sur l'art », et m'y proposent une rubrique régulière. Tu sais mes accointances avec ces jeunes gens spirituels, cultivés, aux formules lapidaires. Je les redoute moins que les allumées de mon canard boiteux. L'avenir me dira si j'ai raison ou tort.

Nous serons tous heureux de te revoir à la leçon inaugurale d'Octave.

Je t'embrasse,

Fiona

Suzanne à Fiona

Genève, le 25 juin 1982

Ma toute bonne,

Ouf, j'ai du mal à me remettre de la lecture du « Figaro Madame » ! Feu de Dieu, la Victoire ne manque pas d'air ! Elle n'hésite pas à se tresser des couronnes grosses comme des roues d'autobus et à se planter des plumes dans le fion (sans offense) avec tant de générosité qu'elle pourrait faire le paon en criant « Léon ! ».

De voir ainsi partir en vrille notre Marie-Chantal, même Pierre a ri de bon cœur ! C'est te dire si l'interview est percutante, car pour dérider mon cher époux il faut se lever matin. Son humeur est indexée sur l'indice boursier. Quant à l'indice « Niquer », il est actuellement au plus bas. On espère une hausse rapide.

Marc-Aurèle le Pas-Commode a dû lui passer un fameux savon. C'est rien que du tout mauvais pour lui, ce papier-là ! Lui, si prudent, si méfiant, qui ménage chacun pourvu qu'il ait une certaine assise sociale, s'est fait remonter les bretelles par le président himself, que l'on sait pourtant extrêmement proche de la Victoire…

Autre chose : as-tu observé comme notre ex-maoïste, chantre de l'antimilitarisme à tous crins, se gargarise de métaphores galonnées et bien dégagées autour des oreilles ? « Restons sur la brèche ! Portons haut le drapeau ! Sus à l'injustice ! » C'est notre petit père qui doit être étonné, s'il peut l'entendre.

Bon, figure-toi que j'ai décidé de me bouger les fesses, aplaties par le tabouret de piano et ramollies par les grossesses. J'ai déniché un cours de gym fantastique chez une charmante Solange, belle comme Sophia Loren, mince comme une liane et qui fait le plus grand bien à mon corps de balai. Il règne chez Solange Poigne-de-fer-dans-une-main-de-velours une ambiance furieusement active et pourtant détendue, où on souffre dans la joie. Le contraire des Schlumpf, qui jouissent dans la douleur, « au secours, à l'aide, Manmaaaaaan ! ».

Je suis ravie à l'idée de vous revoir tous à Paris le 16 juillet à la leçon d'Octave, qui a encore choisi un sujet gratiné : « Les actes de vente à réméré en Chalcidique centrale ».

Réservez la soirée du 18 septembre salle Pleyel : j'y donne un concert au bénéfice de la Croix-Rouge (un poil de Brahms, un doigt de Schubert et une larme de Liszt).

Suzon

PS : Pour mieux supporter les repas dominicaux chez les SS (Sinistres Schlumpf), et principalement chez ma belle-mère à moustaches, j'ai imaginé quelques cocktails, valables également pour toi quand tu dois accompagner Delfino dans le monde.

Je prends, au choix, cinq minutes avant de partir :

• soit 1/4 de Lexomil et deux verres de champagne,

• soit 1/4 de Temesta et deux portos,

• soit 1/4 de Seresta et trois Martini.

Si tu préfères rien que du bio, une demi-bouteille de très bon vin, c'est parfait. (Sauf à

Noël : j'avais doublé la dose et suis arrivée à plat ventre au milieu du salon, sous le regard courroucé des Schlumpf au grand complet qui m'ont toisée comme si j'étais un colombin fumant oublié sur leur tapis persan.)

Berthe à Gisèle

Charlemont, le 18 juillet 1982

Ma petite sœur !

Quelle magnifique séance au Collège de France, hier, et comme Octave était intéressant, même si je n'ai pas tout suivi.

Henriette brillait de fierté dans son joli tailleur rose. Tes petits-enfants ont été très sages. Geoffroy est beau comme un Jésus, avec ses boucles blondes, et Iseult ravissante.

Hélie est fier d'avoir un neveu aussi remarquable. Mais il est très « remonté » contre Marc-Aurèle, qui collabore avec les cocos et lui en a lancé des vertes et des très mûres, au début de la conférence, d'où les éclats de voix. Octave a bien fait de s'interrompre pour les réprimander. Hélie était si excité de retourner au collège !

Le père Moufle était aux anges devant son « petit Octave » (il l'a vu naître) qu'il a guidé dans ses lectures pendant de longues années. Il le voit bientôt à l'Académie française. Lui aussi a bien grondé Marc-Aurèle, qui lui a répliqué grossièrement : « Moufle, je vous emm…. » À force d'avoir des fréquentations douteuses, ton fils perd tout respect.

Bien. Je m'arrête car je dois porter mes couvertures tricotées aux nécessiteux du Secours Catholique – de plus en plus nombreux, tu pourras le dire à Marc-Aurèle. Merci, la Gauche !

Je t'embrasse,

Berthe

Suzanne à Fiona

Genève, le 2 septembre 1982

Petite sœur,

C'est un crève-cœur de renoncer à mon concert, mais j'ai des nausées incessantes et vomir sur le piano devant des spectateurs en habit de lumière, cela ferait désordre et nuirait à ma carrière. Et tu sais ma fière devise : « Les enfants d'abord ! » Je suis si heureuse, cernée par mes petits Suisses, épuisants certes, malgré la présence d'une nanny et d'une cuisinière zélée, mais si drôles et si vivants. Un rempart contre la morosité huguenote !

Tu fais bien de m'envoyer les photos de « Vogue Spécial Haute Couture », qui m'ont enthousiasmée ! D'abord, j'avais regretté de ne pouvoir assister à ce défilé si couru des « personnalités qui comptent ». Pour une fois que Victoire nous invitait et nous prêtait des robes du grand Haakon ! Mais quand j'observe, page 231, Henriette en rôti de veau, sanglée dans un fourreau de latex beige rosé, et toi, tel Lazare jaillissant du tombeau, flottant dans un linceul de chanvre, je tombe à la renverse et je meurs de rire. Haakon a du goût, dommage qu'il soit mauvais.

J'ai ouï dire par une amie d'un photographe de presse assistant à la scène que le jour du défilé Haakon avait agité ses petits poings avec une rare intensité et couvert Victoire d'un tombereau de jurons orduriers. « Toi, Victoire, tu tues moi, salope, avec belles-sœurs affreuses ! Dehors, conne ignoble, tu ridicules moi, fini, foutu ! Fous-toi le camp, rends toutes robes volées, les chanbéliers, la voiture, tout. » Henriette et toi êtes responsables, en somme, d'un licenciement abusif.

Scoop concernant l'« affaire Maman ». Mes amis Müller, de passage à Genève, se sont souvenus que notre grand-père d'Arbrun était mort accidentellement pendant une chasse au gros en Bavière, en 1938. Cela, nous le savions. Mais devine qui a confondu Bon-Papa avec un sanglier ? Helmut von Wurst lui-même, l'amoureux transi de Maman, beau comme le jeune Werther, et souffrant tout pareil !

Tu es instamment priée de passer tante Berthe et le père Moufle à la question pour leur faire cracher le morceau. Cela se corse diablement, non ?

Je t'embrasse, ma grande,

Suzanne

Marc-Aurèle à Octave

Saint-Cloud, le 12 septembre 1982

Monsieur le Professeur,

Mon cher frère,

Je sais que j'aurais dû te féliciter plus tôt, mais je suis englouti sous des dossiers de la plus haute importance !

Ta leçon inaugurale de juillet dernier était une réussite absolue et tu as fait un tabac avec un sujet aride et néanmoins passionnant. Victoire a <u>adoré</u>. Tu sais qu'elle a étudié le grec aux Oiseaux et qu'elle a toujours été curieuse de fouilles antiques.

Je crois que Victoire a réellement comblé ses belles-sœurs lors du défilé du grand Haakon. Tu as vu les photos dans la presse : nos femmes sont magnifiques. Quelle guigne que Suzanne soit obligée de renoncer à son concert. Je lui avais fait une pub d'enfer et elle aurait eu une salle brillantissime.

Victoire, épuisée par ses activités, a décidé de quitter son job passionnant mais beaucoup trop stressant. Elle a crié « Pouce ! », n'en pouvant plus de bosser aux côtés d'un créateur génial mais caractériel, capricieux, agité (on murmure qu'il sniffe de la coke…). Victoire a besoin de reprendre ses esprits, de se ressourcer au sein de sa famille. Elle va s'occuper de la maison, des enfants, pourra de nouveau recevoir (vous viendrez dîner le mois prochain). Active comme elle est, et si généreuse par nature, elle propose de me seconder bénévolement dans ma charge exaltante mais très lourde. Elle compte « s'investir à deux cents pour cent dans les jeunes des quartiers ». Elle est définitivement merveilleuse.

À propos : maintenant qu'elle va avoir un peu de temps pour elle, elle adorerait se remettre au golf – elle joue un bon petit 25. Elle est allée se renseigner au golf de Saint-Cloud, il y a huit ans d'attente ! Même si la moyenne d'âge est de quatre-vingts ans et que le turn-over est rapide, elle piaffe d'impatience, tu la connais !

Elle a immédiatement pensé à toi, le dieu des greens, qui accomplis tes exploits sur le parcours mythique de Mornevallée. Je sais que c'est un golf très fermé, mais, dans la mesure où tu es l'un de leurs champions (et Henriette aussi, paraît-il), tu pourras certainement la parrainer.

Je compte sur toi. Merci d'avance, mon frère préféré !

Marc-Aurèle

PS : Je sais que ton petit Geoffroy joue déjà bien. Peut-être serait-il possible d'inscrire Ithier, qui a son âge et promet d'être un sportif de premier ordre.

Octave à Suzanne

Saint-Cloud, le 19 septembre 1982

Ma chère petite sœur,

Combien je regrette l'annulation de ton concert ! Nous nous faisions une telle joie de venir admirer ton jeu si enlevé, si sensible, si profond ! Mais tu as raison de privilégier ta santé et celle du futur bébé. Je viens à Genève le mois prochain pour une communication de très grande importance dont tu as la primeur, « La topographie de Beroia, de la période hellénistique à la conquête romaine ». Un sujet exaltant !

Je me permets de te soumettre la lettre de Marc-Aurèle. Je suis indigné à un point ! Me demander de parrainer Victoire à Mornevallée ! Victoire qui se répand en commentaires venimeux dans les dîners parisiens d'où me reviennent des échos peu amènes, Victoire qui me surnomme le Baron Rance, le Cuistre Racorni, et mon épouse Fleury-Nichon, Piggy !

Victoire qui rameute pour les goûters d'anniversaire le ban et l'arrière-ban des enfants de ses relations, sans jamais recevoir ses propres neveux ! Victoire qui a conseillé à ma femme d'aller chez « une prodigieuse artiste capillaire, Betty en appartement », d'où elle est ressortie rackettée de deux mille cinq cents francs et délestée de sa somptueuse chevelure dorée, réduite à un plumet jaunâtre.

Victoire qui n'a jamais songé à nous inviter à dîner en dix ans alors que nous sommes voisins. Victoire, qui va travailler « bénévolement » (ça m'étonnerait, c'est une rapace), s'est fait chasser de chez son couturier dément pour « indélicatesses répétées ». Victoire qui volait les robes, les faisait copier à Bangkok, les revendait à prix d'or à ses copines ! Victoire qui, après les dîners fastueux chez Haakon, faisait rapporter les restes chez elle, parfois même avec les nappes et les chandeliers...

Qui me l'a dit ? Sa « merveilleuse amie dans le besoin », Marie-Sophie de Mastard, qu'elle n'a jamais payée pour les travaux de décoration de leur appartement.

Le monde est parfois laid, ma petite sœur ! Tu comprends pourquoi je suis si heureux avec mes anciens Grecs, ma douce Henriette, généreuse et si drôle, mes charmants enfants, mes fidèles amis et mes bons vieux clubs de golf.

Ton frère qui t'aime,

Octave

Berthe à Suzanne

Charlemont, le 4 octobre 1982

Ma nièce chérie,

Quelle magnifique nouvelle ! Un sixième bébé ! Tu as raison de donner la priorité à ta famille sur ta carrière. C'est une idée curieuse de vouloir mettre les femmes en concurrence avec les hommes, et contraire à l'Ancien Testament (« Dieu dit à Adam, Tu travailleras à la sueur de ton front, et à Ève, Tu enfanteras dans la douleur ») et à nos traditions depuis l'homme des cavernes. Tu me vois allant tuer le mammouth, quand Hélie préparerait le potage !

Le monde actuel marche sur la tête, ma petite Suzanne. Qui fait les enfants, qui les élève, les veille, les éduque, les conseille ? Leur Maman. On ne me fera pas croire qu'une bonne ou une nurse peut la remplacer. Lorsque j'ai tenu ces propos à Fiona, elle m'a ri au nez en m'affirmant qu'elle avait eu la pire des mères et qu'il aurait mieux valu que Gisèle file travailler en usine ou n'importe où, pour son équilibre mental et celui de ses enfants.

Ta sœur semble omnibulée par Gisèle et m'a harcelée de questions indiscrètes. Pour la mort de mon pauvre Papa, n'allez pas chercher un crime passionnel ou une vengeance. L'enquête a conclu à un banal accident de chasse.

J'ai été heureuse néanmoins de la recevoir avec Delfino et leurs deux petits sauvages pendant huit jours. Toussaint et Colomba sont aussi jolis que turbulents. Ta sœur est épuisée par sa paire de jumeaux. Elle semble moins solide que toi et toujours angoissée. C'était bien la peine d'épouser un psychiatre !

À propos… Nous avions de sots préjugés contre Delfino, qui n'a pas eu la chance d'apprendre les bonnes manières et jure comme un charretier, mais s'entend à merveille avec Hélie et Foulques. Ils ont la même passion de la chasse et l'amour de la nature. Hélie était impressionné par ses talents de tireur et sa connaissance du gibier. Delfino va organiser une semaine de chasse en Corse avec eux. Il est bon de se frotter à d'autres cultures et d'observer les mœurs des insulaires, probablement moins rudes et moins primitives que celles des Anglais. Cela nous permet de vérifier que la France est encore le berceau de la civilisation – mais pour combien de temps ?

Je t'embrasse, ma petite Suzon,

Tante Berthe

6

Vie quotidienne, 1983

Famille, je vous aime !

Je hais la Famille !
Elle me donne des crampes d'écriture !
Il y a d'abord les tantes,
Même les meilleurs d'entre nous en ont !
[...]
Et puis aussi les belles-sœurs,
Ces maux nécessaires du mariage...
Les seules choses qu'elles ne disent pas sur votre compte
Sont celles qu'elles ne savent pas dire, faute de vocabulaire [...]
Et enfin les maris...
Cette Croix que porte la Femme blanche [...].

Dorothy Parker, *Hymnes à la haine*

Fiona à Suzanne

Santa-Finta, le 28 août 1983

Ma bonne Suze,

Ô Corse, île d'amour ! Mon œil ! À peine a-t-il posé un orteil sur sa terre natale, Delfino oublie totalement mon existence et celle des jumeaux ! Il ne se soucie plus que de sa mère.

Car, chaque fois que l'on vient la voir, Saveria se couche, se sent mourir, se planque sous son drap (mortuaire) brodé d'angelots et d'un crucifix et implore Delfino d'aller chercher un prêtre. Les premiers temps, j'étais persuadée qu'elle allait passer l'arme à gauche vite fait bien fait, mais son mari Pantaleon m'a confié du fond de son canapé clic-clac que Saveria était solide comme un roc et qu'elle nous enterrerait tous.

En attendant, Delfino le Silencieux se métamorphose en ange de tendresse et de prévenance. Il passe un été fiévreux, compatissant et larmoyant au chevet de sa maman. Ce n'est plus « Le gorille vous salue bien » des dîners parisiens, mais « Jamais sans ma mère » à l'ombre des figuiers.

Je me console avec Pantaleon, mon beau-père, champion de la sieste toutes catégories. Sa physionomie pachydermique – peau grise agrémentée de quelques longs poils noirs, gibbosité rugueuse, pieds, jambes, oreilles énormes, barrissements divers et variés – en fait l'ami préféré de ses petits-enfants, qui l'appellent simplement Babar. Du jour (17 mars 1956) où il trancha dans un même élan une rondelle de lonzo et le majeur de sa main gauche, Pantaleon toucha une pension d'invalide à 100 %, adopta la position horizontale et s'impliqua corps et âme dans « Santa Barbara », « Les Feux de l'amour », « Châteauvallon » et autres « Oiseaux se cachent pour mourir ». Les feuilletons télévisés, et particulièrement les « soap opera » (pour parler comme Victoire), n'ont aucun secret pour Pantaleon, qui commente les péripéties et démêle les imbroglios sentimentaux avec la maestria d'un expert du courrier du cœur et la sollicitude d'une mère poule. Il juge « Dallas » trop violent et ne se gêne pas pour insulter copieusement J. R. (« voyou », « salaud ») et Sue Helen (« vieille truie », « traînée »), pour le plus grand bonheur des jumeaux qui élargissent ainsi leur vocabulaire à un rythme soutenu.

Un scoop tout chaud illustrant l'adage « Faites ce que je dis, ne faites pas ce que je fais » : Marc-Aurèle, qui nous avait traités de « petits-bourgeois frileux » quand nous avions manifesté contre la loi Savary, a inscrit ses trois rejetons dans le privé ! Ithier, qui ne fiche rien, pensionnaire à Juilly, Réale à Daniélou et Roch à Passy-Buzenval. (Information révélée par un collègue du frérot, rencontré suant et ahanant comme un bœuf sur le GR20.) Nombre de ministres furieusement impliqués dans cette guerre scolaire obsolète et ringarde n'hésitent pas à mettre leurs petits à l'École alsacienne. Pas la peine de pousser des clameurs extasiées en célébrant la nuit du 4 Août si c'est pour recréer une France de privilégiés. Selon Delfino, qui parle peu mais parle d'or, nous voilà bien partis pour une nomenklatura à la française.

J'ai écrit un mot à ton époux, désormais orphelin, pour compatir à sa peine. Il nous était difficile d'arriver à temps pour les funérailles de sa mère.

J'attends de tes nouvelles.

Fiona

Suzanne à Fiona

Genève, le 2 septembre 1983

Ma chère Fiona,

Les funérailles de la Sardine, encaquée dans un cercueil en fer-blanc, furent à l'image de la défunte : austères, sordides, sinistres.

À la vue de Belle-Maman dimanche dernier, j'avais songé : « Ultime station avant Borniol. » Seul Pierre ne remarquait pas que sa mère avait depuis vingt ans un pied dans la tombe et l'autre sur une peau de banane. Pierrot le Fou du détail, qui repère une tache sur un mur à vingt mètres, un tableau de travers en pleine nuit, une erreur de vingt-trois centimes sur une facture de quatorze pages, la trouvait en pleine forme !

Pierre s'est enfermé dans son deuil et il m'est déconseillé de rire – que dis-je ? de sourire.

Je tente de me distraire avec mon piano, mais les petits ne me laissent guère de répit. Tu vas me rétorquer que je n'avais pas à me reproduire comme un lapin suisse – un bébé tous les deux ans, coucou ! –, et tu auras raison, sauf que... Pierre n'est pas seulement un maniaque de la précision, c'est aussi un coriace, malgré son œil de biche aux abois, un persévérant capable d'argumenter des heures pour obtenir satisfaction. Le plombier, le notaire, le médecin, l'instituteur peuvent en témoigner, eux qui sont prêts à le payer pour qu'il dégage, mais moi je ne peux m'échapper, même en lui faisant un chèque. Alors je me plie à toutes ses volontés pour avoir la paix. Total : six mouflets.

J'ignorais seulement qu'à l'heure actuelle on vit <u>avec</u> les enfants et non à côté, comme il y a vingt ans. Repas, week-ends, fêtes : ils sont toujours là, et bien là !

J'ai calculé que je passais au bas mot les deux tiers de ma vie sociale, culturelle, mondaine avec des nains de moins de huit ans. Je peux réciter à la virgule près « Babar en ballon », « Tic et Tac au zoo », « Porcinet va camper » ; je connais par cœur les œuvres complètes de Chantal Goya,

Anne Sylvestre et Henri Dès, et je chante sans une hésitation tous les génériques de « L'Ile aux enfants », « Albator », « Candy », « Rue Sésame » et « Goldorak » ! Je régresse doucement.

Mais où est passée ma jeunesse insouciante ? Où sont les beaux jours de Mai 68 et les joyeux mots d'ordre, « L'alcool tue, prenez du LSD » ? Et les unes jubilatoires de « Charlie Hebdo » : « Cestas, le forcené tient toujours » sous la photo de l'Élysée ?

Les temps ont changé, Fiona, et le porte-drapeau de la Libération des Femmes, ce n'est plus Simone de Beauvoir, non, c'est Moulinex. Ou Seb. Suivis de près par Pampers et Péridurale…

Et si je devais dessiner mon blason je placerais, sur fond d'azur, à dextre un bâton de poisson pané, à senestre une Cocotte-Minute et au chef, coiffant l'ensemble, ma couronne de Mère Courage en Lego multicolores.

Écris-moi bien vite, j'ai comme un coup de mou !

Suze (que si l'on s'en sert,
et l'on s'en sert, crois-moi !)

Berthe à Gisèle

Charlemont, le 17 septembre 1983

Ma chère Gisèle,

Ta visite d'une semaine nous a fait grand plaisir. J'aurais aimé avoir un mot de toi pour nous dire si tu étais arrivée à bon porc. Tu as omis de nous apprendre la très grande bonne nouvelle transmise par Octave : la fille d'Ondina, ta gentille soubrette, est sortie major de Polytechnique ! Bon, tu sais mon opinion sur le travail des femmes, mais là je remercie le Bon Dieu qui donne une chance à ces Portugais si sérieux, si catholiques et si travailleurs de progresser dans l'échelle sociale. J'ai compris que Dieu voulait que ça bouge et c'est très bien !

Je ne regrette pas cependant que notre Suzon ait mis un frein à sa carrière de pianiste, incompatible avec le calme et la stabilité indispensables à l'éducation de ses nombreux enfants.

Quant à Fiona qui écrit sur les peintres morts dans des revues spéciales, c'est nuisible à sa vie de couple et dangereux quand on sait que le divorce touche en premier les femmes qui travaillent à l'extérieur. Ma petite belle-fille se consacre à plein-temps à son foyer, comme Marie-Bénédicte et toi et moi et toutes nos aïeules le font depuis la nuit des temps. Et nous ne nous en trouvons pas plus malheureuses !

À Charlemont, c'est le fils de notre Céleste qui fait des prodiges. Elle a dû lui transmettre ses talents de cuisinière car le jeune Mikaël vient d'ouvrir un deuxième restaurant à Londres. Les Anglais vont enfin pouvoir se nourrir décemment.

Gisèle, tu as emporté par mégarde les deux petites miniatures Louis XVI qui décorent la chambre verte et représentent deux jolies ancêtres d'Hélie, qui passera les prendre cette semaine.

Tu te plains toujours de tes migraines et de ta fatigue, moi je crois que le plus grave, c'est ta distraction, qui te fait faire bien des bêtises.

Je t'embrasse,

Berthe

Fiona à Suzanne

Saint-Cloud, le 10 octobre 1983

Ma vieille Suze,

À nous la banlieue ! Nous voici installés à Saint-Cloud, dans un chassé-croisé leblévesque de toute beauté. Marc-Aurèle and C° ont regagné Paris et la rue de Fleurus car, hors du Ve ou VIe arrondissement, pas de salut pour l'Homo mitterrandus ! Comme si vivre à l'ombre du Luxembourg et à deux pas du Café de Flore ou de la rue de Bièvre te collait d'office un bonus de vingt points à ton QI ! Victoire a œuvré à plein-temps pour accomplir d'ouest en est le trajet crucial qui les rapprocherait du monde des vivants, les Germanopratins, tandis que les Tarquini, franchissant le périphérique en sens inverse, se trouvaient projetés aux confins de la civilisation et renonçaient à toute espérance de promotion parisienne…

En ce moment, tes lettres viennent à point pour me distraire : Delfino, dit le Taciturne, dit le Taiseux, dit le Mutique, dit le Corse, est fermé comme une huître. J'ai droit à UNE phrase (« Quand est-ce qu'on dîne ? ») et parfois, miracolo, à une deuxième

(« Tais-toi, Fiona, je lis » ou « Arrête tes conneries, Fiona »)!

J'ai l'impression que Delfino est de plus en plus surmené depuis qu'il dirige le service de pédopsychiatrie de l'hôpital Voisin et je me demande si ma tendre moitié ne devrait pas consulter un confrère… J'ai lu dans une revue médicale une communication de toute première importance où l'on concluait que « la destruction d'une amygdale peut entraîner une indifférence affective, des changements rapides et transitoires de l'humeur, de l'agitation ». Sans aucun doute, Delfino a été opéré des <u>deux</u> amygdales dès le lendemain de notre mariage.

Quand il rentre, épuisé, vers 21 heures, il a l'œil absent du mari qui passe sans te reconnaître. J'ai un seul droit, le droit de la boucler. Quel est le grand homme qui a déclaré que « le principe de base du mariage est une incompréhension mutuelle »?

Il nous arrive de sortir, mais de moins en moins – tu vas comprendre pourquoi. La semaine dernière, une jolie voisine se penche vers Delfino, l'inconsciente, en lui confiant qu'elle entame sa troisième année de psychanalyse. Erreur fatale! Delfino démarre sur les chapeaux de roue : « Y a pas de quoi se vanter », et il embraye : « La psychanalyse, c'est comme l'astrologie ou la voyance, la rencontre d'un charlatan et d'un gogo. » La dame s'étrangle, essaye d'en placer une, l'air implorant. Delfino, lancé comme un missile, glapit : « Rencontre fructueuse ! Le charlatan est gagnant à tous les coups et le gogo est heureux de débourser 500 balles ou plus pour vider son sac à conneries. » Et là, il se met à minauder : « Maman ne m'aime pas, mon mari fait un œdipe, mon fils est traumatisé par son père, ma sœur était la préférée de Mémé… Autrefois, on se confiait gratos au curé, à la voisine, à sa dame de compagnie. Aujourd'hui, on est prié de payer, pour le même résultat ! C'est-à-dire peau de balle et balai de crin ! » Et de marmonner : « La psychanalyse, c'est de la couille en barre. » Un troupeau d'anges s'abat sur l'assemblée… Et nous regagnons la maison. Dix points de moins dans les sondages.

Es-tu au courant des dernières fantaisies de Maman, qui non seulement arbore le ruban rouge de sa décoration sur sa chemise de nuit, mais recommence à faucher des objets de valeur partout où elle passe ?

Elle a eu le culot de se plaindre à tante Berthe que nous n'allions plus à Ré. La dernière fois que nous nous sommes pointés, il y a deux ans, elle nous a accueillis par « C'est une invasion, ma parole ! », et quand je lui ai montré les photos de ton petit dernier elle a regardé ailleurs en maugréant : « Ces bébés se ressemblent tous ! » Ne parlons pas des Noël bâclés à Paris, où j'ai droit à un vase ébréché, Delfino à un briquet en plastique et les enfants à une enveloppe vide. Je n'ose parler d'« acte manqué », de peur de me faire égorger par mon époux, mais…

Je t'embrasse,

Fiona la clodoaldienne

Suzanne à Fiona

Genève, le 25 octobre 1983

Ave, la banlieue !

Si on avait annoncé à Bonne-Maman que tu habiterais un pavillon en meulière, elle se serait trouvée mal ! Mais le jardin semble très joli et la vue sur Paris aussi. Raconte-moi ta nouvelle vie en détail. Au sujet du comportement de Maman, tu devrais demander à Delfino un diagnostic précis de son état mental. Bonne pour la camisole ? Le cabanon capitonné ? La poire d'angoisse ? Le peloton ?

Tante Berthe est chagrinée des mauvais procès engagés par sa sœur plus que par la perte de ses miniatures. Avec le temps, tu noteras que tante Berthe et Hélie, apparemment aussi pétrifiés que les gisants de leurs aïeux, s'adaptent en souplesse aux brutales évolutions de notre époque. Qui aurait pu prédire leur profonde amitié avec les Henrieux, leur joie de recevoir Delfino, ton ours mal léché, et Pierre, mon hérétique ?

Tante Berthe m'a avoué, après avoir sifflé cul sec un verre de vieille Chartreuse, qu'elle s'amusait beaucoup plus avec ses neveux qu'avec ses propres fils, Foulques ou Hélie-Anne, « qui a épousé une gentille petite bien née, mais un peu ennuyeuse ». Son grand plaisir, c'est de retrouver Muguette Henrieux à Paris. Elles vont au bistrot (« O tempora, o mores ! »), au cinéma, et font du lèche-vitrines en rigolant comme des gamines. Octave m'a écrit qu'il leur avait donné une première leçon de golf la semaine dernière et qu'elles comptaient bien persévérer.

Lundi, Pierre m'a solennellement signalé que le temps du grand deuil était clos et qu'il était nécessaire de reprendre nos habitudes (rien que ce mot me donne envie de gerber : ha-bi-tu-de – autant que rou-tine !). Nous avons sagement repris le chemin des dîners funèbres, tel celui d'hier où mon voisin de gauche, un quadragénaire déplumé à l'œil exorbité, a démarré bille en tête : « Oh ! Des huîtres ! » Moi, in petto : « Non, pauvre cul, ce sont des petits-beurre ! » Le brillant causeur, une minute plus tard : « Vous aimez les huîtres ? » Moi : « Ah ? C'étaient des huîtres ? » Lui, d'un ton sans réplique : « Naturellement ! Elles sont exquises, ces portugaises ! » Moi, dans un brouhaha : « Vous êtes trop aimable ! » Lui : « Non, moi, c'est Amédée-Noël. »

À ma droite, un silencieux (merci, doux Jésus !) gobe les bestioles en avançant précautionneusement la bouche comme une ventouse à chiotte. Après qu'il a fini son assiette, il tourne vers moi sa face de rat malade et m'informe que je suis la femme de Pierre Schlumpf. En voilà une nouvelle qu'elle est bonne ! Puis le funeste m'entreprend sur la meilleure façon d'aérer les pelouses – « Si vous n'avez pas assez de vers de terre, je peux vous en fournir. Mon jardin est rempli de lombrics de première qualité » –, de tailler les haies de thuyas – « Savez-vous qu'il existe deux manières de tailler les conifères ? ». (Je retiens avec peine une fine gauloiserie.)

Sur ce, le crétin des Alpes suisses s'immisce

dans mon palpitant tête-à-tête avec l'agrégé ès asticots : « Savez-vous que les thuyas sont des conifères exotiques ? » S'ensuit alors un dialogue échevelé sur les arbres d'Asie. Au passage du rôti – « Ah ! Du rôti ! » me souffle l'homme mononeuronal –, ils abordent l'« incroyable variété des fruits exotiques », à l'arrivée du fromage – « Oh ! Les beaux fromages ! » –, je somnole et les entends vaguement disserter sur la « mystérieuse beauté des femmes exotiques ». L'annonce du dessert – « Mon Dieu, le superbe dessert ! » – me réveille en sursaut. Puis je me lève en titubant (ennui abyssal ajouté à cinq ou six verres de vin). Je hais les dîners en ville.

Pour conclure, j'ai passé une excellente soirée, mais ce n'était pas celle-là.

Écris-moi vite.

Suzanne (la femme de Pierre)

Fiona à Suzanne

Saint-Cloud, le 15 décembre 1983

Ma petite Helvète,

Bon Dieu de bon Dieu, la vache ! Si on m'avait dit un jour que la CGT et consort noyauteraient les mères catéchistes, je ne l'aurais point cru, et pourtant…

Bon, je me calme, je respire un coup et j'en viens au fait.

Nous avons tout bien fait dans l'ordre, depuis notre installation à Saint-Cloud : les petits scolarisés dans le public, malgré les mises en garde d'Octave, et inscrits au foot, au tennis, à la danse et au catéchisme (qu'on écrit « KT », j'aurais dû me méfier) de la paroisse.

Messe de célébration de Noël des élèves des écoles primaires à l'église Stella Matutina. Le nom est joli et l'édifice, coiffé d'un gigantesque toit en zinc verdâtre, arrache à Toussaint des cris d'enthousiasme : « Oh ! Maman, c'est le casque de Goldorak ! » Moins emballés que le fiston, nous entrons sans méfiance, et là, « déroulez banderoles et jouez flûtiaux », s'avance dans l'allée centrale le père

Chalumeau suivi d'un bataillon d'enfants porteurs de pancarte : « Jésus, vient (sic), on t'aime, les CP de Montretout. » Derrière les petiots, les mères catéchistes entonnent d'une seule voix (de chiotte), accompagnées d'une virtuose de la flûte indienne :

Joseph et Marie s'aimaient beaucoup,
Oui, mais n'avaient pas le sou,
Pour trouver un toit à Bethléem,
Cela leur posait un vrai problème.

Je regarde l'assistance : personne ne bronche ! Puis vient un autre air connu :

Il est né le divin Enfant.

Tout le monde sait la suite :

Jouez hautbois, résonnez musettes !

Eh bien non ! Même les chants de Noël ont été passés à la machine à décerveler et ont subi une cure de crétinisation accélérée :

Jour de joie aujourd'hui sur terre !

Oui, pourquoi garder le beau, le poétique, les hautbois, les musettes, quand on peut faire plat et moche ? Ne parlons pas des burettes en pyrex, ni des hosties stockées dans des bols à olives, ni de l'autel en forme de suppositoire…

Ô Suzanne, où se sont envolés les archanges joufflus souffleurs de trompette ? Les amours rieurs et fessus tressant une guirlande au front de la Vierge ? Les ostensoirs rayonnant comme des soleils ? L'encensoir et son nuage enivrant ? Les coupes de vermeil et d'émaux ? Les enfants de chœur en dentelles et robes rouges ? Les étendards, les processions de Fête-Dieu où nous jetions des pétales de pivoines parfumés, les génuflexions, les chants magiques « Ave, Maris Stella, Dei mater alma ! Tantum ergo, sacramentum ! » ? Dans ces cérémonies mortelles, « Dis-moi, ton cœur parfois s'envole-t-il », Suzanne ?

Je sais que mes propos sont réac, mais ils me sortent des tripes. Vatican II a vidé les églises plus radicalement que tous les bouffeurs de curé réunis. Plus de décorum, plus de public ! Irais-tu voir « La Traviata » interprétée par une fanfare municipale, chantée par une chorale en short dans un décor signé Ikea ?

Lors de l'enterrement de notre voisine octogénaire, qui n'avait rien fait pour mériter cela, les héritiers ont envoyé en bouquet final « Non, rien de rien », d'Édith Piaf. Doux Jésus, rendez-nous le « Requiem » de Mozart, ou celui de Verdi, ou rien plutôt que ces âneries.

Je ne vais quand même pas rejoindre le groupe des intégristes de choc qui mettent leurs filles à l'école Saint-Pie-X. Ils ont fait un barouf d'enfer au sujet du programme de 5e, qui aborde, horreur ! la reproduction des mammifères. Ces forcenés déchirent les livres scolaires devant leurs enfants. Comment ont-ils pu se reproduire, mystère ! Ils ne valent pas mieux que les fondamentalistes musulmans et juifs et les puritains de tout acabit. Le premier point du programme de ces aimables fanatiques : coller les femmes à la cuisine, en tchador ou en sac-poubelle ou en bonne sœur. Le premier coupable dans toutes ces religions, c'est nous, dis donc ! Nous les femmes, nous les salopes, les pécheresses ! Je crois que je vais ressortir mon « Manuel de la parfaite féministe ».

Tu le vois, comme toujours j'ai le cul entre deux chaises. Ma foi est solide, mais le cœur n'y est plus. Je suis une bourgeoise à moitié au foyer, un quart au boulot, un quart dans ses cogitations vaseuses, une chrétienne ricanante, une désinvolte par vocation, une insolente attachée aux traditions, une mère sans vrais principes et remplie de doutes, une névrosée aux humeurs imprévisibles. Or en banlieue ouest, où la vie est paisible et aérée, mais où ta vie privée est passée au crible des critiques et observée à la loupe de la malveillance, tu es tenue de rentrer dans le rang et dans le cadre rigoureux des cathos pratiquants flanqués de trois enfants (minimum), votant à droite, voire à la frange de l'extrême droite (voisinage du Le Pen oblige), et attachés aux traditions éducatives (scout toujours prêt), culinaires (blanquette, oui ; caviar, non), culturelles (Comédie-Française, oui ; Bérurier noir, non) et récréatives (Michel Leeb, oui ; Pierre Desproges et Coluche, non). Le port d'une chevalière armoriée est gage de respectabilité, principalement chez les bourgeois qui se la jouent aristo. Dieu, que Paris semble loin !

À bientôt, ma petite Suzon,

Fiona

PS : Ma banlieue BC-BG peut réserver de divines surprises : expérience magnifique en compagnie de la classe de mes petits lors d'une visite à Versailles. Jamais je n'avais vu sous cet angle le château de Louis XIV – pardon, de Louis Ksive (c'est ainsi que la plupart des élèves ont déchiffré le nom du propriétaire des lieux). Quelques judicieuses remarques qui ont laissé la conférencière songeuse : « Pourquoi les rois épousaient que des mochetés et pas des jolies comme Steph de Monac' ou Lady Di ? », « Leurs piscines, elles sont nulles : y a pas de plongeoir, et faudrait virer toutes les statues plantées en plein milieu », « Le roi, il lui fallait une trottinette ou des rollers tellement les couloirs y sont grands », « C'est pas la peine d'avoir une chambre en or et un plumard à rideaux si on n'a même pas la télé ! »

Voilà de l'histoire vivante et sans à priori.

Suzanne à Fiona

Genève, le 19 décembre 1983

Chère grande Fiona,

Tes lettres de banlieusarde ensoleillent mes moroses journées genevoises. Je t'interdis de rentrer dans le rang des mères méritantes à poil aux jambes, pompes Mephisto et cul de jument. Accroche-toi à la belle étiquette d'atypique typique que Papa nous a donnée.

Chez moi, l'ambiance n'est pas follement drôle. Non pas que Pierre soit un mauvais cheval. C'est un excellent père, un bon mari, un banquier respecté. Mais j'ai du mal à maîtriser le Sinistre, toujours effondré. « La Bourse baisse, quelle horreur ! », « Le dollar monte, pas le moment de voyager ! », « Louis rentre en 6e, ce n'est pas gagné ! », « Barthélemy a une angine, catastrophe ! », « Sophie a perdu sa raquette, au secours ! », « Il y a une tache sur la moquette, appelez les pompiers ! », « Laure a zéro en maths, faites le 15 ! », « La gouttière est bouchée, prions le Seigneur ! » !

Dieu merci, on se voit le 27 décembre à Charlemont. As-tu trouvé une « tenue correcte et réglementaire », dirait tante Berthe, pour le mariage de Foulques ? Elle m'a confié en effet qu'avec « les robes beaucoup trop décolletées de Fiona, Delfino vit avec les pieds de Damoclès, parce qu'elle risque de se faire enlever par un satyre ».

Maman a passé trois jours ici. Voici que s'ajoutent à ses caprices d'enfant gâtée une mauvaise humeur permanente et une hargne vengeresse à l'égard de ses proches. Nul, excepté Marc-Aurèle, n'échappe à son regard de Harpie. Pour couronner le tout, elle fait du gringue à Pierre en lui répétant dix fois par jour qu'il ressemble à Robert Redford, mais elle ne jette pas un œil aux enfants. Ma petite Laure en a peur car « on dirait la vilaine Cruella des "Cent un dalmachiens" » ! Maman m'a conseillé de mettre les quatre grands (entre onze et cinq ans) en pension la prochaine fois qu'elle viendrait (il n'y aura pas de prochaine fois). Elle a emporté des chandeliers qui étaient sur la cheminée de sa chambre. Je ne sais ce qu'on a fait au Ciel pour mériter ça.

Depuis la mort de Papa, elle ne voit plus personne, ou plutôt personne ne peut plus la voir. Nous aussi finirons par nous lasser. J'en ai ras le seau d'avaler des couleuvres, de faire bonne figure à ses provocations et de prendre un air de circonstance devant ses maux imaginaires. Je hais les airs de circonstance.

J'embrasse tous les Tarquini et toi surtout,

Signé Furax

7

Tensions, 1984-1985

Guéguerre et paix

Personnellement, j'ai beaucoup d'admiration pour la stupidité. Une sorte de sympathie, je suppose.

Oscar Wilde

Fiona à Suzanne

Saint-Cloud, le 19 mai 1984

Ma vieille Suze,

Voici la cassette que je me repasse en boucle depuis une semaine. Heureusement que Marc-Aurèle nous avait alertés de sa prestation télévisuelle, toujours flanqué de Victoire, dans une « cité sensible » de Seine-et-Marne (il nous a appelés quinze fois au bas mot), c'eût été navrant de le louper. Tu vas voir, la dernière séquence, au ralenti, c'est rien que du bonheur.

Delfino, dont les commentaires sont laconiques mais toujours clairvoyants, observe que « le mariage de Victoire et Marc-Aurèle, c'est un GIE » – je traduis pour la Suisse profonde : « groupement d'intérêt économique », comme il en existe beaucoup dans notre entourage (je peux t'envoyer des noms connus en échange de quelques lingots). En effet, depuis plus de dix ans, Marc-Aurèle porte glorieusement et avec sang-froid l'aimable épiclèse (pour parler comme notre helléniste d'Octave) de Cocu Magnifique. Mais Victoire n'est pas en reste. Notre frère vit une idylle aussi passionnée que voyante avec une journaliste télévisuelle qui a le vent en poupe et le feu où je pense (rumeurs confirmées par une rencontre fortuite et vélocipédique avec le couple illégitime dans le parc de Versailles samedi dernier), succédant à une « écrivaine » (ah ! ah !) engagée dans le juste combat des femmes kurdes à Saint-Germain-des-Prés. N'empêche qu'ils reçoivent les mardis soir le Tout-Paris politique, artistique, intellectuel, financier avec tous les signes extérieurs d'un couple énamouré.

Enfin, nous allons voir notre GIE en Corse à l'Ascension. J'entends déjà Marc-Aurèle et Victoire se gargariser auprès de leurs amis parce qu'ils comptent dans leur famille une vraie tribu d'indigènes presque apprivoisés.

À bientôt, sœurette,

Fiona

Suzanne à Fiona

Genève, le 22 mai 1984

Ma chère sœur,

Comment te remercier de ce beau morceau de télévision qui a fait vibrer les Schlumpf, réunis solennellement devant leur écran pour admirer la réussite d'un couple exemplaire. Personne n'a été déçu de la remarquable prestation victorienne, toujours « tellement à l'aise avec les gens du peuple », ainsi qu'elle l'a humblement confié à « Point de Cul ». Les jeunes des quartiers n'avaient pas mérité ça. On aurait dit une scène de la comtesse de Ségur : « La vicomtesse de Tournebroche en visite chez ses paysans. »

L'arrivée en Safrane escortée d'une nuée de motards, la tenue de notre belle-sœur en tailleur pantalon azur et baskets étaient déjà remarquables. Le discours du frérot : « Alors, les enfants, on sèche l'école ? J'ai fait comme vous bien souvent ! Les profs sont parfois relou, hein ? », parfaitement spontané et naturel. La séquence du sac Chanel victorien subtilisé par le facétieux Jean-Mouloud, « trop top » – pour s'exprimer comme l'énarque en goguette. Mais le final sur Victoire couinant tel un cochon qu'on égorge et ameutant les foules : « Au secours, mon sac, mon Chanel, Marc-Aurèle, à l'aide ! » touche au chef-d'œuvre.

Je te quitte car je dois assister à une réunion de parents d'élèves (la troisième du mois) pour Sophie qui part en classe de mer. Remarque, pas la peine de me déplacer, je sais déjà qu'une mère évoquera la grande fragilité de son fiston, qui cogne sur toute la classe, une deuxième, le régime sans sel de Fifille, qui bouffe deux paquets de chips par récré, et une autre, la sensibilité à fleur de peau de sa brute, qui a mis l'école en coupe réglée, sans oublier le jeune obsédé dont la timidité maladive ne l'empêche pas de baisser les culottes des filles en toute occasion. Certaines s'inquiéteront de savoir si en trois semaines on lavera les cheveux de leur Choupinette, si Trésor pourra assister à la messe du dimanche, si Poulou aura le droit de voir « Colombo », si Minette jolie pourra venir avec son labrador.

Notons que, dans la maternité, le plus fatigant n'est pas l'enfant, mais les parents des autres enfants, que tu dois te coltiner aux sorties de classe, à la kermesse, chez le boulanger, à la piscine, au cinéma, pour les goûters, dans les dîners, chez le pédiatre, au club de tennis, au foot, aux urgences, au manège, au zoo, à la montagne, à la campagne, à la mer et en ville. Une engeance à fuir ! Je hais les mères de famille. Elles me gonflent les hélices.

Bon séjour en Corse, ma jolie, je t'embrasse,

Suzanne

~

Fiona à Suzanne

Santa-Finta, le 6 juin 1984

Ave, soror,

La Corse te salue bien et t'envoie un scoop de première main. Parlons bas mais parlons langue de pute. Ce matin, je me suis rendue chez le coiffeur le plus branché de Porto-Vecchio, Jacques Dessange, afin d'être présentable au déjeuner de l'Ascension demain avec les Marc-Aurèle. Concentrée sur « Glacis » ou « Voilà », je me régalais de l'anatomie chavirante d'un footballeur togolais quand soudain une voix familière arrive à mes oreilles, une voix sonore, pointue, mêêêêêêêêêrveilleûeûeûeûsement pâââââârisienne, âvec chette inimitable fâchon de prônoncher les chyllâbles, un peu comme chi tu engloutichais un kilo de fromage blanc tout d'un bloc.

Oui, oui, oui, j'avais bien ouï notre Victoire, qui se faisait manucurer en clamant haut et fort : « Mon mâri, le minichtre, mâ propriété de Chtronz, mon âmi le Prégident, mâ bâgue de Maubouchin, mes trois anges blonds » (ses trois sapajous imbuvables et sournois). Je lève alors un œil prudent, mais de lynx, au-dessus de « Gala » (« Le ministre Alfred Lafoudre mitonne lui-même une vraie purée maison » – mais, manque de bol ou perfidie du photographe, l'emballage Purée Mousline trône sur le frigo).

Donc, je lève mon œil de lynx (et de Moscou) et j'avise notre sémillante Victoire qui pérore à tout-va, couverte d'une vingtaine de bracelets tintinnabulants et vêtue d'une robe rose Malabar ras la foune. Assise devant elle, la douce et belle Stéphanie, la manucure, ne peut échapper au feu roulant de conneries débitées à un rythme de mitraillette. Résultat des courses, notre belle-sœur remporte haut la main la palme de la mauvaise éducation et Stéphanie la médaille d'or du sang-froid et de la classe.

Bon, je me re-planque lâchement derrière ma

palpitante lecture, « Comment obtenir une bouche de mérou grâce aux injections de collagène », mais trop tard ! Victoire m'a repérée et fonce ventre à terre vers moi en gazouillant « Ma puce, ma mémé, ma Fiona ». Et la voilà qui me colle, m'embrasse, m'entreprend sur le déjeuner de demain. Elle ulule : « Je vais apporter des langoustes, combien serons-nous ? » Je susurre : « Vingt-trois. » Elle vacille un peu (chère, la langouste, cette année !), j'ajoute alors, bonne fille : « Si tu apportes quoi que ce soit, Delfino te bute et Saveria piétine ton cadavre. » Victoire, qui n'écoute jamais rien : « Vingt-trois, vingt-trois, c'est excitant, ça, qui y aura, qui y aura ? » Je marmonne vaguement « Rien que des Tarquini » et je tente de la prévenir, connaissant le bestiau, des sujets à éviter : ce que le Corse mange, boit, chasse, pêche ; ce qu'il chante, l'heure où il se reproduit, dans quelle position, avec combien de femelles, à quelle heure il trait ses chèvres, flingue son cousin, pose des bombes. Bref, je cherche à endiguer le flot, mais en vain ! Et elle repart vaillamment sur « les odeurs du maquis, la beauté des montagnes, la douceur du climat, la limpidité de l'eau ».

Au bord de l'évanouissement, je suis heureusement secourue par le coiffeur, qui embarque la pénible vers son fauteuil.

Il n'empêche que je me fais un sang d'encre pour demain. La Saveria n'est pas une citoyenne facile.

Haut les cœurs et à bientôt !

Fiona, laquée comme un canard

Extrait du journal *Le Figaro*, le 9 juin 1984 :

Marc-Aurèle Le Bléveau retrouvé sain et sauf

Le secrétaire d'État a passé trente-huit heures égaré dans le maquis corse en voulant se rendre du village de Santa-Finta au domaine de Stronza par un sentier long de six kilomètres environ. On l'a retrouvé hier, au petit matin, épuisé par une longue marche, affaibli, déshydraté, réfugié dans un cabanon de berger à quarante kilomètres de Stronza. Très choqué, il a été transporté d'urgence à l'hôpital de la Timone, à Marseille. Ses jours ne sont plus en danger.

Il a déclaré : « *Cette expérience m'a permis de prendre du recul par rapport à ma vie. En contemplant le ciel étoilé, j'ai pensé à Pascal devant l'infini des espaces qui l'effrayait. J'ai retrouvé mes prières d'enfant, mes chants scouts et j'ai remis mon âme dans la main de Dieu en lui demandant encore quelques années pour servir mon pays et éduquer mes enfants.* »

Il a ajouté pouvoir participer à la réunion de Bruxelles, avec ses pairs européens, sur le thème « Jeunes des quartiers : une chance pour l'Europe ».

Suzanne à Fiona

Genève, le 12 juin 1984

Ma Fion,

Ou plutôt Mafia, si l'on en juge par les propos vénéneux distillés par Victoire sur les ondes nationales à propos des Tarquini.

Si Marc-Aurèle tient à sa carrière politique, il doit bâillonner sa foldingue. On ne dira jamais assez à ces messieurs les risques qu'ils prennent en drainant dans leur sillage une femme qui fourre son nez partout en martelant qu'elle est incontournable.

J'ai eu Octave et Henriette au téléphone, enchantés des mésaventures de ce « jeune couple en vue » (« Paris Match », mai 1984) à qui tout réussit. Henriette est justement vengée de sa coupe de cheveux tragique et Octave songe à prendre son luth pour narrer les exploits de Victoire, sous la forme d'une épopée lyrique en vers et en douze chants – une moderne « Énéide », en quelque sorte. Il a déjà écrit plusieurs strophes de sa « Victoriade » : « Victoire la Baronne Rouge abritant sous son aile ses serviteurs reconnaissants », « Victoire et Marc-Aurèle combattant la hideuse Exclusion », « Victoire reprenant à l'ennemi son sac à main Chanel », « Marc-Aurèle égaré dans le maquis recommandant son âme à Dieu ». Ils pourront y ajouter « Marc-Aurèle et Victoire pleurant sur les ruines de leur villa corse ».

Écris-moi vite. Je veux tous les détails !

Suzanne

Fiona à Suzanne

Saint-Cloud, le 18 juin 1984

Ma Suze,

Ainsi que tu me l'as demandé, voici les faits, rien que les faits, parole de Fiona !

Marc-Aurèle, Victoire, leurs « petits princes » Ithier, Réale et Roch arrivent le jeudi 7 juin vers midi, très en forme.

Victoire à Saveria : Oôôôôôh ! Mââââdame, quelle raaaaavissante bergerie !

Saveria, l'œil noir : Ce n'est pas une maison de moutons, c'est une maison pour les Tarquini.

Marc-Aurèle, l'air pénétré : Tarquini, c'est italien, n'est-ce pas ?

Delfino, agacé : Italien ? Nous sommes des Étrusques ! Les plus vieux habitants de l'île !

Victoire, ahurie : Des Trux ?

Marc-Aurèle, docte : Étrusque, ma chérie, comme les Étrusques d'Italie !

Victoire, abasourdie : Les esclaves des Romains ?

Pantaleon, furibond et du fond de son canapé : Mais quelle conne !

Delfino, appliqué : Non, pas des esclaves. Nous étions des rois !

Marc-Aurèle, riant comme une chèvre : Des rois ? Dans un pays de bergers ?

Delfino, avec son regard filtrant d'huître perlière (tu sais, quand je l'appelle Œil de Palourde) et détachant chaque syllabe : Tu doutes de ma parole ? (Long silence.) Sais-tu que les Tarquini appartiennent à la plus vieille noblesse du monde ? Ça ne te dit rien, Tarquini ? (Silence.) Tarquin l'Ancien, Tarquin le Superbe qui viola Lucrèce ? Eh bien ce sont mes aïeux. On les connaît depuis deux mille six cents ans !

Marc-Aurèle, intéressé : Et vous avez encore des traces, des traditions, des portraits ?

Delfino, mystérieux : Nous lisons l'avenir dans les omoplates de mouton, nous regardons les entrailles des brebis grosses et observons le vol des oiseaux avant de prendre une décision importante.

Victoire, admirative : Géniâââl !

Puis nous passons à table dans la grande salle.

Victoire, déçue : Oh ! Quel dommage de ne plus profiter du soleil ! On ne peut pas déjeuner dehors ?

Saveria, sifflante : Dehors, c'est pour les chiens et les touristes !

Vers 15 h 30, les Marc-Aurèle décident de regagner leur cabane au bord de l'eau. Notre frère insiste pour rentrer seul à pied, malgré nos mises en garde. Bref, comme d'habitude, il a voulu montrer qu'il connaît TOUT mieux que tout le monde.

Je m'arrête là et t'embrasse fort,

Fiona

Extrait du journal *Voici*, juillet 1984 :

Quand la gauche-caviar s'amuse !

La très fringante Victoire d'Aycard, femme du malheureux Le Bléveau, l'égaré du maquis corse, vient de passer un week-end délicieux au château de Grevaille, dans l'Yonne, chez le comte Henri de Petilay.
Dans cette belle demeure Louis XIII, au sein d'un vaste parc, la fine fleur de l'élite parisienne et socialiste se retrouve fréquemment pour travailler, à l'ombre des marronniers en fleur, à une meilleure intégration des jeunes issus de l'immigration dans les quartiers « difficiles ».
Sur notre photo, on peut admirer l'anatomie parfaite de Victoire d'Aycard, qui porte bien haut et à juste titre son surnom : « Mes deux seins sans frontières ».

Berthe à Suzanne et Pierre,
Fiona et Delfino,
Octave et Henriette,
Marc-Aurèle et Victoire

Charlemont, le 20 juillet 1984

Mes nièces, mes neveux, mes chers petits,

Comme c'était charmant de vous voir tous réunis pour fêter le retour du Québec de Marie-Bénédicte, Thégonnec et de leurs cinq petits ! Toute cette belle famille au grand complet, ce n'est pas rien.

On m'a apporté ce matin les photos de la fête. C'est un bonheur ! Le soleil radieux, les invités élégants, le repas exquis. Mais vous, mes petits Le Bléveau, quel dommage ! Quelle tristesse de vous voir tous, frères et sœurs, vous regarder en chien de fusil sur les photos…

Quand je vois vos enfants rire et gambader entre cousins, sans se douter des querelles familiales, je dis que c'est du gâchis. Est-il normal de se faire la guerre en famille ? Quel mauvais exemple donnez-vous à ceux qui n'ont pas eu la chance d'avoir votre éducation ? Ce cher Albert, qui devait déjà se réjouir de l'éviction de Marc-Aurèle du gouvernement socialo-communiste, doit se retourner dans sa tombe devant vos agissements.

Votre brouille, c'est un vrai sac de crabes et une salade macédonienne. Mais je tenais à faire mon devoir de tante et de chrétienne. Je me suis donc ouverte au père Moufle, préoccupé lui aussi par votre attitude. Il a observé qu'à la messe vous n'aviez pas fait le « baiser de paix », ni annoncé la « Paix du Christ » à l'assemblée. C'est un péché – même si cette nouvelle coutume de Vatican II est curieuse, nous devons nous y soumettre sous peine d'être excommuniés.

Le père Moufle a une idée formidable. Il voudrait vous faire rentrer dans un « Séminaire de crise » animé par son neveu, Tristan, de retour de Californie et remarquable méditateur, selon lui. Mais je crains de n'avoir pas bien tout retenu. Il va vous écrire.

Je vous embrasse de tout mon cœur de tante et prie Dieu qu'Il vous envoie Sa Lumière.

Tante Berthe

Père Moufle
Copie à Fiona, Suzanne, Octave, Marc-Aurèle

Charlemont, le 20 juillet 1984

Mes enfants, mes brebis égarées,

Je vous connais depuis votre naissance et vous aime comme mes enfants. Je ne perdrai pas mon temps en vains préambules.

Vous êtes frères par le sang et par Celui de Notre-Seigneur qui L'a versé pour vous. Je vous demande donc, en chrétiens obéissants, de suivre mes propositions sans barguigner.

Mon neveu Tristan Moufle, que Suzanne a rencontré en Californie en 1966, est un excellent psychologue et un comportementaliste diplômé. Il crée et anime des séminaires de « Développement personnel » et de « Gestion de Crises ». Ses méthodes sont reconnues et efficaces pour résoudre les situations conflictuelles, dans l'entreprise comme dans les familles.

Il propose de consacrer une grande journée, à la rentrée, pour faire le point sur vos dissensions familiales et trouver ensemble des solutions d'apaisement.

Il vous envoie son programme.

Dieu vous ait en Sa Sainte Garde !

Père Moufle

TRISTAN MOUFLE

Formateur-Consultant au C.R.A.I.G.N.O.S.
(Centre de Recherches Appliquées et Intensives
pour la Gestion de nos Organisations et de nos Savoirs)
Docteur en Psychologie Comportementale,
diplômé en P.N.L., A.T., E.A., de l'École
de Palo Alto (Californie)
Spécialiste en Thérapie Cognitive
et en Développement Personnel
de l'Université de Memphis (Tennessee)

À Suzanne Schlumpf

À transmettre à ses frères et sœurs et leurs conjoints

Le 3 septembre 1984

Ma chère Suzanne, ou Susan, comme je t'appelais autrefois !

De retour en France, c'est avec intérêt et bienveillance que j'accepte la mission initiée par mon oncle. Je serai heureux de reprendre contact avec vous tous à cette occasion.

Le séminaire a pour objectifs de réguler les tensions interfamiliales, d'optimiser les potentiels de chacun en travaillant les fondamentaux de l'entente familiale et en gérant les différents conflits qui posent problème à tous.

Voici, grosso modo, les étapes du programme :

1. Lister vos attentes.

2. Identifier, classer, catégoriser, hiérarchiser vos colères, vos peurs, vos tristesses.

3. Identifier vos difficultés relationnelles interfamiliales.

4. Rechercher ensemble des solutions réalistes et précises à appliquer à chacun d'entre vous.

5. Prendre des résolutions fermes et réalisables pour que chacun, en optimisant ses propres poten-

tiels, apprenne à penser et gérer les différences des autres membres de la famille.

Les méthodes employées reposeront sur la programmation neuro-linguistique, l'analyse transactionnelle, l'écoute active à travers des jeux de rôles, des études de cas, des mises en situation, des tests, des évaluations et enfin un « débriefing » et un bilan complet (les méthodes Shiva et Youkiyo-Hey seront employées en transversal).

Dans l'attente de vous voir le samedi 13 octobre, je te prie de croire, ma petite Suzanne, à ma bienveillante et fidèle amitié.

Tristan Moufle

Tristan Moufle au père Moufle

Le 14 octobre 1984

Mon père, mon oncle,

JAMAIS, en dix ans de carrière de consultant formateur, je n'avais eu à travailler avec un groupe aussi pénible. Ces huit adultes diplômés, baptisés, bien nés se sont comportés comme des enfants, des voyous, des électrons libres, des sauvages !

Je t'ai parlé des rôles parasites pouvant polluer une réunion et des méthodes de l'animateur pour désamorcer les ondes négatives émises par ces participants difficiles. Eh bien, hier, ils ont cumulé TOUS ces rôles à la puissance dix, à savoir déni, manipulation, évitement, ironie, mépris, arrogance, intimidation, passivité, violence verbale et non verbale (rétroprojecteur brisé). J'ai tout tenté, tout proposé. Rien à faire : j'ai subi, point final.

Mon oncle, à AUCUN moment, en huit heures, je n'ai pu mettre en place le programme prévu. Pas une séquence, pas un exercice. Ils n'ont rien entendu, rien écouté, rien voulu.

Au bout du rouleau, je réussis vers 17 h 30 à leur demander leurs impressions sur la journée. Dans un immense brouhaha, ils parlèrent tous en même temps et puis un grand silence s'installa. Je fis un tour de table pour recueillir l'avis de chaque participant, et là, mon oncle, ce fut un choc ! Ils me félicitèrent et me remercièrent en termes touchants et délicats !

Je crus à une mauvaise plaisanterie mais, à l'unanimité, ils déclarèrent être pleins de projets, sauvés, heureux enfin de pouvoir se réconcilier.

N'en croyant pas mes oreilles, je demandai alors à chaque participant de proposer une action utile à tout le groupe, pour renforcer leurs liens et célébrer la fraternité retrouvée, une manière pour chacun d'optimiser ses potentiels en en faisant profiter les sept autres. Voici ce que ça a donné :

Fiona propose de rédiger désormais tous les discours d'anniversaire, mariage, fête (refusé) sans se moquer de personne (accepté).

Suzanne propose d'accueillir pour la fin de l'année dans son chalet de Verbier toute la famille y compris les enfants (refusé), sans les enfants (accepté).

Henriette propose de donner ses recettes de cuisine les plus élaborées (refusé), tartes, salades, sandwichs (accepté).

Victoire propose de faire profiter ses belles-sœurs des soldes de presse chez Hofiku Tsunami (refusé), chez Yves Saint Laurent (accepté).

Delfino propose de présenter le bilan des avancées dans le domaine des médicaments psychotropes (refusé), d'évoquer les problèmes des préadolescents (accepté).

Pierre propose d'inviter tout le groupe au festival de Salzbourg pour écouter un opéra de Richard Strauss (refusé), de Mozart (accepté).

Octave propose une initiation à la lecture des inscriptions grecques (refusé), une leçon de golf à Mornevallée et un parrainage pour le plus assidu (accepté).

Marc-Aurèle propose de recevoir le groupe à une conférence sur la gestion du stress des enseignants (refusé), à un week-end au château de Grevaille (accepté).

Voilà, mon oncle, les voies de Dieu sont impénétrables et le déroulement d'une journée de formation imprévisible !

Je vous embrasse,

Tristan

~

Marc-Aurèle Le Bléveau à Tristan Moufle

Le 25 octobre 1984

Monsieur le formateur,

Cher Tristan,

Un grand merci pour cette journée de formation qui a permis à ma famille de retrouver ses repères en partant sur de nouvelles bases et de renouer avec notre ancien camarade de jeux à Charlemont. Vous étiez un peu notre grand frère, que nous admirions et respections pour ses qualités de sportif et de meneur !

Je dois avouer l'impact retentissant de vos méthodes de « communication efficace », qui ouvrent des perspectives proprement spectaculaires pour la gestion des problèmes rencontrés par les jeunes des quartiers.

Me voici plongé depuis dix jours dans des ouvrages de psychologie sociale, de développement personnel, de méthodologie de l'action, de stratégie de négociation, et je viens d'avoir une idée lumineuse qui pourrait aplanir les méfiances, les incompréhensions, les préjugés qui nuisent aux relations entre les jeunes et les représentants des pouvoirs publics.

Ne pourrions-nous pas envisager de concevoir, vous et moi, des séminaires de formation comportementale pour les fonctionnaires en contact avec ces « enfants perdus des cités » dont nous saisissons mal les attentes, les espoirs, tant leur mode de communication (gestuelle, langage, codes) et leur culture (éducation, danse, musique) semblent complexes ?

Pourquoi les enseignants et le personnel scolaire, les services sociaux, les magistrats, les policiers, le corps médical même, ne s'approprieraient-ils pas les codes des jeunes, grâce aux règles de base de l'analyse transactionnelle, l'écoute active, la programmation neuro-linguistique ?

Contactez-moi le plus vite possible pour me donner votre point de vue. Je pense que vos compétences dans le domaine des techniques de communication et ma connaissance approfondie de ces jeunes des banlieues pourraient faire merveille.

J'ai de nombreux amis haut placés qui seraient prêts à nous entendre et à appuyer ce programme éducatif.

Dans l'attente de votre réponse, croyez, cher Tristan, à l'assurance de mes meilleurs sentiments.

M-A. L. B.

Extrait du journal *Libération*, 1er décembre 1984 :

L'association « Total Respect »,
ou comment mieux communiquer
avec les jeunes des quartiers

D'un commun accord, les ministres de l'Intérieur, de la Justice et de l'Éducation nationale viennent de décider la mise en place de séminaires de formation comportementale pour les fonctionnaires (magistrats, juges d'instruction, policiers, enseignants) en contact régulier avec les jeunes des quartiers. Les formations débuteront en janvier 1985 et seront assurées par l'association (loi 1901) « Total Respect », fondée par Marc-Aurèle Le Bléveau, ancien secrétaire d'État aux jeunes et aux quartiers, conseiller maître à la Cour des comptes, et Tristan Moufle, docteur en psychologie comportementale et en techniques de communication.

Fiona à Suzanne

Saint-Cloud, le 15 janvier 1985

Ma bonne Suze,

Hier, Victoire était de corvée (BA mouflesque). Direction : les soldes de presse. Cet événement dont elle nous rebat les oreilles depuis dix ans est en réalité une épreuve cauchemardesque à laquelle aucune bête ne survivrait. Eh bien Henriette et moi en sommes revenues, chancelantes, lessivées mais vivantes ! Nous sommes des rescapées d'un enfer plein de sang, de sueur et de larmes.

Victoire nous a traînées au fond d'une banlieue glauque, dans un entrepôt glacial où après quatre heures de queue, dans un vacarme assourdissant de poulailler en folie, nous avons pu pénétrer dans le saint des saints de la mode branchée, j'ai nommé le stock himalayesque d'invendus, chefs-d'œuvre incompris, de l'incomparable créateur Demeuler Van Leestrken (comme ça se prononce). Pour Saint Laurent, on repassera !

Devant nos essayages problématiques – tu as besoin d'un plan détaillé et d'une boussole pour trouver l'entrée d'une manche –, Victoire a fait mine de nous ignorer. Nous sommes reparties les mains vides, sauf Victoire (un manteau en pelotes de laine multicolores retenues par des épingles de nourrice). Elle nous a violemment reproché de manquer d'audace et d'originalité, puis, dans un mouvement d'une belle générosité, nous a donné l'adresse d'une « relookeuse archipointue » qu'elle peut, étant donné sa forme, se carrer dans le train.

J'ai eu la visite de Tristan Moufle, dont le père

(frère du père Moufle, suis-je claire ?) vient de trépasser. Il m'a appris une nouvelle stupéfiante : il a été adopté à sa naissance ! Sa « maman adorée », morte voilà vingt ans, n'était pas sa mère biologique et son père adoptif, Alain Moufle, est vraiment le roi des cons. Non content de lui laisser en héritage une salle à manger Henri II, une armoire normande et trois caisses bourrées de manuels scolaires périmés, il lui assène, dans une lettre pleurnicharde, cet inutile coup de massue et l'abandonne à une pluie de points d'interrogation.

On peut dire que Tristan est né sous une étoile lamentable. Origine inconnue, testament de merde, penchant pour la thérapie de groupe et les « signaux de l'Inconscient ». C'est son père adoptif, l'inconscient, dans cette affaire !

Car notre aimable ami refuse de croire au hasard et pense que s'il est récemment tombé dans l'« analyse transgénérationnelle », c'est un clin d'œil du destin ! Le voilà parti à la recherche de ses géniteurs, un bouquin de psycho-généalogie dans une main et un pendule dans l'autre. C'est un peu court, jeune homme !

Ton gourou californien semble déterminé à agir pour connaître le secret de sa naissance et Marc-Aurèle lui a promis de lui ouvrir les dossiers de la DASS, ou ce qui en tenait lieu avant guerre. Est-ce une bonne idée de vouloir percer ce « misérable tas de secrets » ? J'en doute. Je lui ai demandé quelle tête il ferait s'il s'avérait que son père était psychopathe et sa mère neu-neu, ou l'inverse. Il a soupiré qu'il préférait savoir, à n'importe quel prix.

À bientôt ! Tristan va passer te voir à Genève.

Fiona

Marc-Aurèle Le Bléveau à Henri de Petilay

Paris, le 15 mars 1985

Mon cher Henri,

Tu me proposes de recevoir ma famille pour le week-end de Pâques. Cela semble convenir à tous.

Je pense amener Moufle, un vieil ami de la famille, initiateur de ces BA un peu pathétiques. Mais il est mon associé zélé et créatif. Nous pourrons travailler sur nos formations Total Respect, qui ont pris une dimension stupéfiante en deux mois. Nous devons former une cinquantaine de nouveaux animateurs qui sillonneront la France et les DOM-TOM. C'est un chantier énorme, mais exaltant.

T'ai-je précisé que pour notre « week-end Le Bléveau et conjoints », il n'est pas indispensable de faire appel à d'autres invités ? Je compte sur ta discrétion et ton amitié pour ne pas ébruiter impairs, insolences, grossièretés et autres pataquès des Le Bléveau à la campagne.

À bientôt, très amicalement,

Marc-Aurèle Le Bléveau

Octave Le Bléveau au père Moufle

Saint-Cloud, le 4 mai 1985

Mon père,

Une nouvelle qui va vous remplir de joie et d'émotion, car c'est grâce à votre action stimulante, votre curiosité intellectuelle, votre quête spirituelle que je suis devenu ce que je suis !

On vient de me faire savoir que ma candidature à l'Académie des Inscriptions et Belles-Lettres avait toutes les chances d'aboutir. Quel bonheur de voir mes recherches publiquement reconnues ! Et quelle claque pour Marc-Aurèle, qui n'avait que dédain pour mes travaux ! À propos, je n'arrive pas à comprendre comment votre neveu Tristan, un homme respectable s'il en est, a pu se laisser séduire par les propositions fumeuses de mon frère. L'appellation barbare de son association, « Total Respect », ne présage rien de bon.

Marc-Aurèle, toujours prompt à donner des leçons de morale, comme ses anciens camarades du gouvernement, s'est encore bien moqué de nous, avec ce week-end qu'il annonçait « ultra-chic, branché, avec des têtes pensantes » (!) et qui faisait rêver Henriette (elle pensait rencontrer B. H. V., moi, j'aurais préféré jouer au golf). En fait, à Grevaille, nous étions tous les huit, plus votre neveu, très affecté de la mort de votre frère et hanté par la quête de ses origines. C'était lugubre, il a plu des seaux, le château était glacial et notre participation honteusement chère.

J'aurais pu protester mais je n'ai pas voulu créer

un malaise. Comme je n'ai qu'une parole, je par-rainerai Victoire à Mornevallée.

En août, Pierre nous a retenu des places d'opéra et un hôtel (à ses frais) à Salzbourg. Voilà un homme sur qui l'on peut compter !

Mon père, priez pour le presque Académicien,

Votre très fidèle

Octave Le Bléveau

À Fiona et Delfino Tarquini,
À Octave et Henriette Le Bléveau,
À Marc-Aurèle et Victoire Le Bléveau

Pierre Schlumpf

Verbier, le 16 juillet 1985

Chers tous,

Voici les détails de notre séjour à Salzbourg, où Suzanne ne pourra se rendre, étant donné son état de grossesse très avancé. Croyez qu'elle le regrette !

PROGRAMME SALZBOURG 1985

22 août

À partir de 15 heures, vos chambres vous attendent à l'hôtel Sacher. Quartier libre jusqu'au lendemain matin.

23 août

8 h 30 : Visite de la ville, où je vous guiderai de musées en cimetières et de châteaux en églises (pause à 10 h 15, déjeuner rapide dans une buvette, pause à 15 h 15).

18 h 30 : Quartier libre.

19 h 30 : Rendez-vous dans le hall de l'hôtel Sacher en tenue de soirée de rigueur.

19 h 45 : Départ pour le palais du festival à pied.

20 heures : Verre de vin blanc servi dans le hall d'accueil du Festspielhaus.

20 h 30 : Lever de rideau sur « La Flûte enchantée » et silence absolu jusqu'à l'entracte.

23 h 30 : Dîner au Goldener Hirsch avec menu imposé.

Nuit à l'hôtel Sacher.

Fin

Merci d'avance pour votre discipline !

Les horaires sont impératifs.

Fiona à Suzanne

Salzbourg, le 24 août 1985

Blanche-Neige,

Le peaufinage du Septième Nain t'a empêchée de partager un merveilleux moment de joie, d'élégance et de grâce mozartienne. La soirée s'annonçait de toute beauté et Pierre avait royalement traité la famille. Son planning, d'une précision militaire, était parfaitement agencé. Avec l'exactitude du coucou suisse, nous avons obtempéré sans faillir.

Tout allait donc pour le mieux. Nous avions revêtu nos tenues de bal, Henriette, très « Dallas », en robe meringuée, Victoire presque à poil sous une robe de dentelle noire, et moi-même en costume de zouave amélioré par Lacroix (sans la bannière).

Début de représentation de « La Flûte enchantée », décors exquis, musique aérienne, voix splendides, interprètes en surcharge pondérale. Signalons en particulier la prestation de la Reine de la Nuit, voix de rossignol milanais et sosie de la pétulante Régine (la fonction crée l'organe ?), entrant en scène avec la grâce d'un char d'assaut et l'énergie d'une moissonneuse-batteuse.

Cela se passait donc comme sur Déroulède, aurait dit tante Berthe, quand j'ai vu Delfino piquer du nez en souriant aux anges. Tout à coup, horresco referens, au beau milieu d'un silence, d'un silence de Mozart, de Mozart à Salzbourg, Delfino commence à s'agiter, se tortiller, gémir. Tout soudain, voilà qu'il émet un vibrant « Vos gueules, les enfants ! » (un mauvais rêve, m'a-t-il confié plus tard). Consternation dans les rangs, regards torves et outrés sur notre groupe, Pierre au bord de la syncope et moi saisie d'un fou rire nerveux. Delfino, très cool, s'est rendormi.

Pauvre Pierre ! À la sortie, Delfino a tenu à le consoler. Il lui a répété qu'il aimait la musique de Mozart plus que tout, que la ville était splendide et tout et tout ! Mais Delfino le Malfaisant n'a pu s'empêcher d'ajouter que « les cohortes de Teutons en culottes de peau et chaussettes à pompons, les bataillons d'Autrichiennes fessues en robes à volants, les dégueulis de géraniums à chaque balcon étaient à chier », et pour enfoncer le clou il s'est empressé de conclure que « le bétail et les fermes lessivés à l'eau de Javel lui évoquaient un documentaire de propagande nazie ». Après cela, il ne reste qu'à tirer l'échelle (pour se pendre).

Enfin, Pierre n'a rien à se reprocher. Il a accompli sa BA en professionnel. Quand la Haute Société protestante traite ses hôtes, elle sait être d'une générosité princière.

Nous avons dit à Octave, pour le soulager – il est extrêmement stressé par son discours de réception à l'Académie –, que nous renoncions à notre leçon de golf (ouf!). Octave va seulement s'occuper de Victoire, qui insiste pour être parrainée à Mornevallée.

Repose-toi, Suzanne, et ponds-nous un ultime petit Schlumpf de toute beauté !

Remercie encore Pierre de son indulgence plénière envers mon triste sire !

Fiona

Suzanne à Fiona

Genève, le 16 septembre 1985

Ma chère sœur,

Pierre est rentré ravi de Salzbourg et n'a pas soufflé mot des exploits delfinesques ! Seule comptait pour lui l'organisation impeccable du séjour, qu'il avait minuté comme une épreuve d'athlétisme. Il est fier d'avoir maté un groupe réputé ingérable !

Cette ultime grossesse me pèse plus que tu ne l'imagines. Je ressemble à Babar qui aurait avalé une montgolfière. J'erre dans la maison vêtue de pyjamas XXXL. Pour le sex-appeal, on est prié de repasser.

J'ai averti Pierre qu'il était hors de question qu'il assiste à l'accouchement, même s'il a lieu sous péridurale. Malgré son insistance – tu connais l'oiseau –, je refuse tout net de suivre la mode (arrivée ici avec dix ans de retard, vive la Suisse !) et d'infliger à mon mari la vision grand-guignolesque de sa petite femme jolie ahanant comme un bœuf, suant et soufflant dans une position tue-l'amour. Il n'a qu'à regarder un docu à la télé, il comprendra. Pour une fois, je ne céderai pas.

Au moins, avec Delfino, tu étais tranquille puisqu'il piquait un roupillon dans la salle d'attente au moment crucial où tes jumeaux ont pointé le nez… Cette manie de tout montrer, tout dire, tout expliquer même à ceux qui ne demandent rien me flanque la chair de poule.

Et notre pauvre petit Moufle ! Quel besoin a-t-il de remuer ciel et terre pour retrouver des parents qui l'ont abandonné. Je crains le pire ! Il vient de m'écrire, fou de joie, qu'il avait entre les mains la photo de son vrai père, gardée précieusement par son oncle qui la lui a remise avec réticence. Et pourquoi donc, puisqu'il s'agit d'un « grand et beau jeune homme blond » ? Manquerait plus que ce soit Quasimodo ! Il a hâte de nous la montrer (la photo) et se désole du peu de diligence de Marc-Aurèle à retrouver les dossiers de son adoption.

Je te quitte car je ressens comme une contraction.

Je vous embrasse tous,

Suzanne

8

Sports et loisirs, 1985-1986

Accident de parcours

Le seul sport que j'ai jamais pratiqué, c'est la marche à pied, quand je suivais les enterrements de mes amis sportifs.

G. B. Shaw

Golf : Gentlemen Only. Ladies Forbidden.

Proverbe écossais

Extrait du journal *Paris Match*, 2 octobre 1985 :

O. K.

L'Association Total Respect, dirigée par Marc-Aurèle Le Bléveau et Tristan Moufle, remporte un énorme contrat pour la formation des salariés de la RATP, de la SNCF et du secteur nationalisé des banques.

Signalons que 800 fonctionnaires ont déjà participé aux séminaires de Total Respect.

K. O.

Le baron Octave Le Bléveau, professeur au Collège de France, récemment élu à l'Académie des inscriptions et belles-lettres, a été mis en examen sous contrôle judiciaire pour « *coups et blessures volontaires* » sur sa belle-sœur Victoire Le Bléveau. Cette dernière est actuellement dans le coma à la suite du coup porté à la tête par son beau-frère avec un club de golf.

Extrait du journal *Le Canard enchaîné*, 2 octobre 1985 :

Le Bléreau-Henvieux a-t-il voulu buter la femme du Bléreau-d'Aycave ?

QUELLE famille ! Toujours au créneau pour se faire remarquer ! Un jour, Marc-Aurèle se perd étourdiment dans le maquis corse et sa femme fait appel au GIGN et à la DST pour le retrouver.

En juin dernier, il est photographié place de la Concorde au concert offert par SOS Racisme entre Fafa en pull canari et une « Coco Girl » à la poitrine arrogante qui l'embrasse goulûment. Il y a trois ans, sa femme Victoire est virée à grand bruit d'une maison de couture pour avoir piqué des modèles exclusifs et emporté le mobilier. Une autre fois, légèrement chahutée par des enfants de 10 ans, elle ameute les foules en hurlant des insanités. Puis elle exhibe ses appas à la une de *Voici*. La semaine dernière, elle joue au golf avec son beau-frère Octave, et PAN ! elle se prend un fer 9 en travers du crâne et tombe les bras en croix au trou numéro cinq en s'écriant : *« Voilà le bus ! »* Après huit jours de coma, Victoire d'Aycard est définitivement tirée d'affaire, selon ses médecins. Octave Le Bléveau, frêle et austère intellectuel, ignorait qu'il maniait le club avec le même brio que les langues anciennes. L'enquête permettra d'établir si la belle Victoire, épouse de Marc-Aurèle *Total Respect* Le Bléveau, a été touchée par-derrière, par surprise, par accident ou par malveillance.

Attention, un Le Bléveau peut toujours en cacher un autre !

Gisèle à Suzanne

Paris, le 7 novembre 1985

Chère Suzanne,

J'ai pris bonne note de la naissance de ton septième enfant. Cela commence à bien faire. Les Suisses vont t'accuser d'envahir leur territoire. Comptez-vous, Pierre et toi, relever le taux de natalité de la vieille Europe, menacée par l'arrivée en masse des populations africaines ? Arrêtez de vous reproduire comme des sous-développés, vous n'avez pas besoin d'allocations pour subsister, que je sache !

Pourquoi m'écris-tu au sujet du petit Tristan ? Je me contrefiche de la mort de son père et de la nouvelle de son adoption. S'il tient à me rencontrer, je le recevrai. Il a toujours été très aimable, chaque fois que je l'ai croisé à Charlemont. Mais je n'y vais guère depuis que ma propre sœur ne me fait plus signe…

Bien entendu, je viendrai témoigner au procès contre Octave, qui voulait me ruiner à la mort d'Albert. Un court séjour à l'ombre lui permettra de réfléchir à ses mauvaises actions envers une veuve sans défense et sans argent. Il refuse de m'aider, bien qu'il roule sur l'or par son union avec une fille issue de rien. Fiona et toi m'avez abandonnée aussi. La maternité ne m'a guère porté chance. Elle m'a ruiné la santé et procuré bien des déceptions !

Embrasse toute ta smala,

Gigi

Fiona à Suzanne

Saint-Cloud, le 13 janvier 1986

Ma bonne Suze,

Il paraît que Victoire a entièrement recouvré ses esprits – enfin, le peu qu'elle possédait. Tant mieux pour Octave, très contrarié par sa mise en examen et son interdiction de sortie du territoire. Comme si notre bel académicien, « gaulé comme une serpillière », selon l'expression imagée quoique désobligeante de mon fiston, présentait une menace pour autrui ! Henriette me dit qu'il est effondré d'avoir perdu son swing, totalement déréglé depuis l'accident.

Vie mondaine : les Octave et moi avons été reçus chez de charmants voisins, bon chic, bon genre. Nous avons eu une pensée émue pour Papa, qui ne tolérait, comme le regretté Baudelaire, que les questions essentielles (« où sont nos amis morts ? pourquoi vivons-nous ? »), et pour toi, qui hais les lieux communs. Tu aurais été comblée ! Si la bonne éducation exige que l'on n'aborde aucun sujet qui fâche (religion, politique, etc.), il est exceptionnel maintenant d'arriver au dessert sans que l'un des convives n'évoque un thème brûlant, sur le modèle mollasson, soporifique et convenu des Grands Débats de Société dont la télé nous abreuve. Le prêt-à-penser vite fait bien fait, c'est le confort intellectuel assuré.

Un exemple de questions récurrentes et de réponses qui vont avec (attention, l'exercice exige, si tu ne veux pas être jetée dehors, couverte de plumes et de goudron, que tu renonces à toute opinion personnelle) :

Abolition de la peine de mort : Bien, sauf pour les assassins.

Avortement libre : Bien, sauf pour mes filles.

Euthanasie : Horrible, sauf pour Grand-Père qui souffre comme un damné.

Racisme : Très, très mal, mais si vous allez à la Sécu ou à l'hôpital…

Affaires : À Gauche uniquement.

Socialisme : Un fléau.

Communisme : Le pire des fléaux.

Nazisme : Idem, mais Hitler a construit de belles autoroutes.

Pornographie : Je suis tombé par hasard sur Canal + samedi soir…

Ce soir-là, le filet de bœuf en croûte était servi autour de la question cruciale « Les homosexuels sont-ils des malades, des pervers ou les deux ? ». (Dieu merci, Delfino s'était fait porter pâle, sinon…) Question piège déjouée par Henriette qui met son grain de sel en affirmant haut et fort que « des pervers et des malades, il y en a plein chez les hétéros et chez des gens qui ont l'air bien sous tous rapports, comme les profs, les curés, les pères de famille ». Malgré la consternation tangible qui plane sur ses judicieux propos, Octave embraye sur « les pratiques homosexuelles en Grèce classique, moment fort de l'éducation du jeune citoyen, au même titre que le lancer du disque et la course à pied ». Personne n'ose interrompre l'académicien golfeur, mais la famille Le Bléveau est désormais frappée du sceau de l'infamie.

Je t'embrasse fort,

Fiona

Lord Macdow au duc Hélie de Larochemigène

Paris, le 7 février 1986

Monsieur le duc, mon cher Hélie,

Hier, je visite ton neveu et je le fais jouer le golf à Mornevallée. Alors moi, je dis très inquiet parce que Octave, il a perdu tout son bon golf, à cause de la terrible coup que lui a mis à Victoire qui freine avec son tête de lard le back swing d'Octave.

Pour Octave, je crois que toute la problème il est dans son tête à lui. Il a plus du tout son bon mouvement. Son stance nul, son grip crispé, son cou il bouge, son corps pivote trop et l'équilibre il est perdu. Si mauvais, si triste. J'ai dit Octave lui doit arrête tout de suite jouer le golf. Poor boy, il sent lui trop malade, si petite, ridée comme une vieille pomme !

Je lui demande viendre à St Andrews, alors il pleure presque, parce que il dit qu'il n'a pas droit de sortir de France, à cause de le justice. Si ridicule !

Delfino, le joli-frère sicilien d'Octave, peut-être il est possible faire donner de la pilule à Octave pour grimper sa moral. Je reviens pour procès soutiendre mon petit Octave.

À bientôt,

Gordon

Fiona à Suzanne

Paris, le 10 octobre 1986

Ma sœur,

Comme promis voici le compte rendu précis de la comparution d'Octave au tribunal correctionnel hier.

14 heures : ouverture de l'audience. Le président et ses deux assesseurs, l'avocat de Victoire, maître Levau, celui d'Octave, maître Nonce Paolantonacci, ami d'enfance de Delfino, la famille et une foule de journalistes et de curieux, amateurs de scandale espérant un règlement de comptes saignant au sein d'une famille à la pointe de l'actualité.

14 h 5 : le président ouvre la séance dans un

phrasé original proche de celui de Darry Cowl : « Ve déclare ouverte la féance… Accuvé, vurez-vous de dire, etc. »

Ensuite le président demande à Octave de raconter la partie de golf du jour fatal. Octave : « Vous êtes golfeur, monsieur le président ? » « F'est moi qui pove les queftions, monfieur Le Bléveau… Abrévons et venons-ven aux faits. » Octave : « Vous connaissez Mornevallée ? Ce trou numéro cinq est particulièrement délicat. » Le président : « F'est exact. Fc dog-leg vifieux me pove touvours des problèmes, car il egvive de driver à pluf de deux fent trente mètres. » Notre frère, ravi de changer de terrain : « Monsieur le président, je suis content de voir que vous avez bien saisi la difficulté de ce PAR 4. Voulez-vous que je vous montre comment driver en draw ? » L'assistance semble égarée par ces termes sibyllins. Le président se lève alors, saisit l'« arme du crime », un club de golf. S'ensuivent dix bonnes minutes de consultation technique animée par des drives détaillés avec zèle, professionnalisme et enthousiasme par Octave, pour le plus grand bonheur des spécialistes et à la consternation des profanes, plongés dans un ennui profond.

Enfin, Octave reprend son récit : « Le 29 septembre 1985, j'étais à cent mètres du green avec un joli drive de deux cent quarante mètres et je préparais mon back swing malgré le babil de Victoire, qui agace tant mon fils Geoffroy. Je crois me souvenir qu'il lui a crié (et il se met à hurler) : "Votre gueule, tante Victoire !" Moi, ce qui me gêne, c'est l'attitude imprudente de ma belle-sœur, qui se tient trop près de moi, dans mon dos. Je l'avais d'ailleurs déjà mise en garde. Donc, je me place en plein centre du fairway. Je saisis mon fer 9, j'amorce mon back swing, et là je sens un obstacle freiner mon geste puissant, puis j'entends Victoire crier (il hurle de plus belle) : "Voilà l'autobus !" et elle a cessé de parler pendant un bon moment… » Le président précise : « Huit vours de coma, monfieur Le Bléveau. »

Les témoins se succèdent : le fils (« Veoffroy, parlez fans crainte »), Maman, qui se surpasse en accablant Octave, Périclès Papadopoulos, qui soutient son confrère et ami fermement (« Octave est l'homme le plus pondéré, le plus paisible que je connaisse. Tout autre que lui aurait expédié Victoire ad patres depuis bien longtemps »). Macdow fait un tabac quand il déclare que « toujours Octave il joue la golf tranquille. Jamais il aura vouloir abîmer son fer 9. S'il voulut tuer Victoire, il doit prendre sa brassie ou son grosse Bertha ».

16 heures : maître Levau, malgré de belles pério-

des oratoires soulignées par une gestuelle véhémente, n'est guère convaincant.

En revanche, Dodu le Jovial (surnom affectueux donné par Delfino à son ami Nonce) fait merveille : onction tout ecclésiastique, airs de chattemite, logique imparable. Il met à bas en trois phrases l'argumentation de l'accusation. « Selon l'écrivain P. G. Wodehouse, "le golfeur qui parle est indéniablement l'enquiquineur le plus typé et le plus insupportable de notre civilisation moderne". Eh bien, un homme, un seul, un brave, un stoïque, l'a supporté avec patience et résignation. Cet homme, c'est mon client ! » Puis maître Paolantonacci affirme que Tatave serait en droit de réclamer des dommages et intérêts à Victoire, « qui a totalement déréglé son jeu ». Il cite encore Wodehouse : « Maintenant plongé dans l'ombre de cette tragédie, il régresse jusqu'à l'état de ses débuts. » Il reprend son souffle. « Qui donc a subi un terrible préjudice ? C'est Octave Le Bléveau ! Non seulement il n'a pu mener à son terme un trou numéro cinq, sur lequel il était parti pour faire un birdie, mais depuis ce jour tragique il ne swingue pas plus loin que le tee des dames ! Jugez de son désarroi ! »

17 heures, verdict jubilatoire : Octave est acquitté et libre ! Il sort triomphalement, poursuivi par micros et caméras. Sa prestation au journal de

20 heures était un chef-d'œuvre. Qui pouvait imaginer qu'Octave était une véritable bête de scène ?

Tout est donc bien qui finit bien pour la famille Le Bléveau. Quelle aventure !

À bientôt, ma sœur,

Fiona

9

Changements, 1987

Descente aux enfers

La vie n'est qu'un long tissu de coups de poignard qu'il faut boire jusqu'à la lie.

Ponson du Terrail

Il n'y a d'autre enfer pour l'homme que la bêtise ou la méchanceté de ses semblables.

Marquis de Sade, *Histoire de Juliette*

Extrait du *Canard enchaîné*, 7 janvier 1987 :

Une famille très médiatique !

OCTAVE Le Bléveau n'a pas perdu de temps ! Après son acquittement en octobre dernier, il publie aux éditions Fixette un remarquable traité intitulé *Les Mille et Une Façons de rester concentré*, qui se vend comme des petits pains (dans la gueule) ! Très sollicité par les médias, Octave Le Bléveau vient de remporter la finale des *Chiffres et les Lettres* avec le mot *« protomère »*, dont il a cru utile de donner l'exacte définition (*« monomère protéique associé à d'autres monomères par des liaisons non covalentes, pour former un oligomère ou un polymère »*). Les animateurs en sont restés babas. André Santini peut se faire du mouron…

Quant à son frère Marc-Aurèle, il joue l'homme invisible et la fille de l'air. Introuvable ! Un garçon qui aime tant se faire voir ! Tristan Moufle a quitté avec fracas Total Respect, se désolidarisant sans attendre des pratiques de son associé. D'après le rapport de la Cour des comptes, c'est aux frais de la princesse, autrement dit de Total Respect, autrement dit du contribuable, que son entourage (femme, maîtresses, enfants, amis) profitait de « séminaires de formation » – dont le programme studieux (bronzette, pêche au gros, golf) se déroulait aux Maldives et à Saint-Barth, de préférence à Nœux-les-Mines ou Mourmelon –, de voitures de fonction (fictive) à grosses cylindrées, de déjeuners d'affaires (douteuses) chez les « trois étoilés », de caisses d'excellent bordeaux (action citoyenne consacrée à éponger l'excédent de production). Il paraît même que sa villa de Ramatuelle a été bâtie selon la même technique du tiers payant (vous et moi).

Suzanne à Fiona

Genève, le 12 janvier 1987

Ma chère Fiona,

Tout est encore troublé dans ma tête, depuis que j'ai eu sous le nez la photo la plus surprenante, la plus époustouflante, la plus étonnante qu'il m'ait été donné de contempler. Celle du père de Tristan, qu'il voulait me montrer depuis des mois.

Tu ne devineras jamais qui j'ai vu en ce jour de l'an. Oui, Tristan avait raison, son père est bien un grand et beau et blond jeune homme. Celui que nous comparions à Burt Lancaster. Et son nom nous est connu car il s'agit d'Helmut von Wurst en personne. Oh, l'image est petite, jaunie et déchirée sur la gauche, mais cet homme est bien le sémillant cavalier berlinois qui courait les filles. Mélancolique et sombre, assis sur un tas de foin, ce gars-là paraît en savoir long sur l'existence, en dépit de sa jeunesse. Pour ne pas assombrir le bonheur de Tristan, j'ai passé à la trappe l'épisode de la mort de Bon-Papa.

Face à ma mine médusée et à mes cheveux dressés comme des serpents sur la tête d'une Gorgone, Tristan a manqué défaillir, imaginant derrière le visage juvénile du père retrouvé un monstre, un revenant ou un assassin ! J'ai apaisé les craintes de mon petit Moufle, lui certifiant que le gracieux Helmut était un ami d'enfance de la famille d'Arbrun, puis je lui ai donné les quelques informations que j'avais et les trois photos de mon album où son père apparaît dans sa radieuse et étincelante jeunesse : à cheval, joliment encadré de Maman et tante Berthe ; en habit de soirée, cerné par deux walkyries prêtes à égorger quiconque s'approcherait de leur proie ; ou encore en costume tyrolien (culotte de daim, veste de laine foulée et chapeau à plume), flanqué du père Moufle, se préparant à entonner le grand air de « L'Auberge du Cheval blanc ».

Tristan ne tenait plus en place, riant et s'agitant comme un dément. Il m'a plantée là pour se précipiter dans le premier train. Il compte faire cracher le morceau à tante Berthe et au père Moufle. Il veut te voir aussi, au cas où j'aurais oublié un détail, mais je lui ai déconseillé d'aller voir Maman, dont la malfaisance notoire et le pétage de plombs intempestif lui feraient inventer n'importe quoi ! Il se rendra ensuite chez les Müller à Strasbourg et enfin à Francfort, berceau de la noble famille Wurst.

Fais-lui bon accueil, il est plein d'espoir, d'illusions et de peur !

Bisous,

Suzanne

PS : Aux dernières nouvelles, Marc-Aurèle serait en Uruguay en compagnie d'une petite blonde boulotte « extrêmement vulgaire » (dixit Victoire), qui l'aurait dragué au siège du PS. Pauvre petit frère ! Que ne s'est-il contenté d'une carrière peinarde à la Cour des comptes, relevant chaque année les incohérences des dépenses publiques ! Le voilà fait comme un rat ! Et Victoire, laissée sur le carreau, a entamé une procédure de divorce. Ce sera une première dans notre famille, où les adultères ont fleuri à toute génération, mais où l'on savait préserver les apparences et l'honneur de notre nom. « The times, they are a-changin' », prédisait le prophète il y a vingt ans !

Berthe à Suzanne

Charlemont, le 12 janvier 1987

Ma nièce chérie,

Qu'avons-nous fait au Ciel pour vivre ces heures affreuses, où toute la famille est entraînée de Carine en syllabe ! Quand cet enfer cessera-t-il ? Après ta mère sans scrupule qui est devenue kleptomane avec son veuvage et méconnaissable avec ses liftings, les fantaisies de Victoire dans les journaux, Octave à la télé, voici Marc-Aurèle qui s'enfuit avec la caisse ! Je l'avais mis en garde sur ses fréquentations douteuses, mais si je m'attendais à ça !

Je n'ose envisager qu'il ait entraîné le petit Moufle, déjà assez malheureux actuellement, dans des manœuvres malhonnêtes ! C'est une triste époque que la nôtre. On glorifie l'argent, on fait ministre ce Paul Ramenard, « faisan de bas étage » (dixit Hélie), on publie des ouvrages d'un drôle de coco qui ne parle que du « Roi Dollar » et de faire fortune. Comme si l'argent était un sujet de conversation !

Les socialos devraient se souvenir du lamentable exemple de Sa Majesté la reine Marie-Antoinette. Lorsqu'elle a voulu jouer les fermières, le peuple n'a pas été content. Eh bien, à voir dans « Paris Match » ce voyou de Ramenard installé dans un respectable hôtel particulier du faubourg Saint-Germain qu'il a rempli de meubles XVIIIe – on n'achète pas de meubles, chez les gens honnêtes, on en hérite, un point c'est tout ! –, il me vient des idées révolutionnaires ! Sa tête en haut d'une pique, oui, comme l'arrière-arrière-arrière-grand-tante d'Hélie, guillotinée à seize ans en 1793.

Au sujet de Tristan Moufle, ses questions deviennent fatigantes. Il me harcèle à présent sur son père, dont tu n'aurais jamais dû révéler le nom ! Il me demande toujours plus de détails sur sa vie, son caractère, sa famille. Avec les années et tous les drames, j'ai peur que mes souvenirs soient inexacts ou incomplets. Il ne lâche pas non plus son oncle. Suzanne, la prochaine fois, motus !

Toutes les vérités ne sont pas bonnes à dire, surtout si elles remontent avant l'an quarante.

Je serai heureuse de te voir avec toute ta grande famille. Nous reprendrons les jeux d'autrefois, qui amuseront tes petits comme ils vous ont amusés, toi et tes frères et sœur. Les enfants d'Octave et ceux de Fiona sont si contents de se retrouver à la maison. On pêche les écrevisses, on sort les maillets de croquet, on joue à la main chaude, au nain jaune, à colin-maillard, au billard Nicolas !

Ta mère, qui n'a jamais joué avec ses petits-enfants, ni même avec vous, mes pauvres chéris, devient de plus en plus invivable, mais je garde le contact car elle est très seule, par sa faute ! Sa dernière intervention de chirurgie esthétique a manqué lui être fatale. Et pour quel résultat ! Notre-Seigneur Jésus, qui sait ce qu'il fait, a voulu que nous vieillissions, un point c'est tout ! Les rides font partie de la vie et ta mère, même tendue, n'a pas la fraîcheur de la jeunesse.

À bientôt, Suzanne,

Tante Berthe

Fiona à Suzanne

Saint-Cloud, le 29 janvier 1987

Ma chère Suze,

Si la révélation mouflesque m'a laissée sur le cul, je dois dire qu'elle n'est que roupette de Samsonite, pardon, roupie de sansonnet en comparaison du missile Exocet qui vient de pulvériser mon existence de la plus brutale façon.

Depuis quelques semaines, Delfino m'apparaissait plus renfermé que d'habitude. Verrouillé à triple tour, le Corse de mon cœur ! Aux abonnés absents, le pédopsychiatre mal léché ! Ailleurs – mais où ? –, l'aimable saboteur des dîners en ville ! Les enfants n'arrivaient plus à lui arracher un sourire, il ne téléphonait plus à sa mère, ne jouait plus au tennis avec Nonce Paolantonacci, son alter ego.

Aguerrie aux crises de mutisme de Papa Ours, j'ai d'abord fait front en vaillant petit soldat. Las ! Après quinze jours de silence complet, sur des charbons ardents, j'ai fini par soumettre l'Hermétique à la question : travail, famille, santé, amis, etc. Qu'est-ce qui clochait ? Se sentait-il dépressif (haussement d'épaules), triste (yeux levés au ciel), inquiet (index vrillant son front), malade (sifflotement agacé), effrayé par la cinquantaine qui pointait son nez (geste d'étranglement) ? Rien, que dalle ! Pour lui sortir un mot articulé, il aurait fallu un démonte-pneu ou un cric.

Stoïque et résignée, je me voyais déjà passant le reste de ma vie à côté de la Grande Muette lorsque, au petit déjeuner du 1er janvier, entre le grille-pain Seb et la boîte de corn flakes, Delfino lâcha la bonde, égrenant pendant un bon quart d'heure l'interminable chapelet de plaintes, griefs et récriminations conjugales, rengaine connue de tous les couples en état de marche, et m'annonça sans reprendre souffle et d'une voix chavirée qu'il avait fait la rencontre de sa vie, « une femme qui l'aimait, le comprenait, le sauvait » ! Puis fermez les vannes, silence radio pendant dix jours !

Le temps semble interminable où tu cherches qui, quoi, comment, pourquoi, où, combien de fois ton mari a rencontré la pétasse (pouffiasse, radasse, blondasse, putasse, connasse, grognasse, ouf, ça soulage !) qui fusille ta vie de famille par un beau matin d'hiver. Tu imagines, tapie dans l'ombre et guettant sa proie, la Somptueuse Femelle aux seins en obus, à la chevelure flamboyante, à la cuisse de nymphe, fléau redouté des épouses légitimes, dont le couple fait eau de toute part, torpillé par la jeunesse en marche et aux dents longues.

Dimanche matin à huit heures pétantes, il se pointait dans la chambre avec un plateau, du thé, des croissants et des fleurs (une couronne mortuaire eût davantage été de circonstance). À huit heures deux, il ouvrait la penderie, à huit heures cinq il en ressortait avec une valise, trois raquettes et deux sacs Monoprix débordant de chaussettes. À huit heures dix, il me signifiait sa volonté de divorcer au plus vite et à l'amiable, s'il te plaît ! À huit heures onze, je posais la question fatale « Qui est-ce ? » et dans la foulée j'entendais la réponse qui tue : « Marie-Hélène Chamoux. »

MARIE-HÉLÈNE CHAMOUX ! Une femme fatale ? Que nenni ! Tu as dû ne pas la remarquer. À chaque communion et confirmation de Toussaint ou de Colomba, à chaque messe, à chaque sortie d'école, à chaque kermesse, elle est la brave épouse moyenne, ni belle ni moche, ni futée ni stupide, ni drôle ni triste, ni jeune ni vieille, la femme lambda. Et celle-là est mère (au foyer) de quatre mouflets, flanquée d'un mari aussi transparent que sa moitié, genre chef scout monté en graine, dents blanches, haleine fraîche, et l'air insipide d'un grand couillon de bonne famille. Il va en faire une tête, le cadre de chez Procter et Gamble, quand il saura que Maman copule avec le psy le plus barjo de l'Ouest parisien ! Et c'est cette petite dame, aussi excitante qu'une poêle à frire, qui fait grimper Delfino aux rideaux, qui lui donne ce regard humide de veau sous la mère et ce sourire extatique de miraculé de fraîche date.

Eh bien, ils vont rigoler, les tourtereaux, quand les feux de l'amour seront éteints ! Elle devra s'appuyer M. Pignouf et ses éructations, ses crises de neurasthénie, son amour filial encombrant et son penchant pour l'invective ordurière. Et lui devra se fader les comptes rendus de Mme Robinet d'Eau Tiède chez son boucher (« c'est un morceau dans la bavette qui était en promotion »), chez son gynécologue (« c'est rien qu'une mycose »), chez son coiffeur (« sais-tu que Mme Trévise se fait décolorer la moustache ? ») et j'en passe…

Voilà l'état des lieux, sœurette ! Ma belle aventure conjugale, quinze années pile-poil, réduite à néant en deux temps trois mouvements, notre belle complicité tournée en eau de boudin, nos divines empoignades passées à la trappe ! Il aimait mes facéties, mes tenues olé-olé, mon franc-parler, et il se tire pour une convenable à semelles crêpe, à la silhouette de réfrigérateur et à l'esprit aussi souple qu'un fer à repasser. Il vomissait les idées toutes faites, les petits-bourgeois, et il s'amourache d'une championne de mots fléchés. Il protégeait ses enfants contre vents et marées et il les abandonne à l'adolescence au bord du chemin. Va comprendre !

Et pendant ce temps-là notre cher Marc-Aurèle chante la même chanson de l'adultère avec la police aux trousses ! Décidément, la famille Le Bléveau se barre en sucette !

Trop lasse pour écrire plus longuement.

At soon !

Fiona

Suzanne à Fiona

Genève, le 5 février 1987

Ma petite Fiona,

Tiens bon, ma sœur, je serai là dans huit jours ! Delfino paraissait bien armé contre la connerie ambiante (bien plus que Marc-Aurèle, qui s'y ébrouait avec délices). C'était bien le dernier que je voyais tomber dans le panneau imbécile du

Grand Amour salvateur ! On se pince ! À cinquante ans, ce garçon lucide et réaliste a passé l'âge de croire au Père Noël !

Est-il sujet aux affres de l'andropause, dont les magazines font leurs choux gras une fois l'an ? Delfino est-il arrivé en haut du toboggan et s'accroche-t-il à la première venue parce qu'il a peur de la descente ? Sont-ce la prostate encombrante, la chute des cheveux et des bijoux de famille, la zigounette en berne, le désir défaillant qui taraudent ton époux ? Il semblait si solide, si sûr, si attaché à la famille ! Cette histoire ne lui ressemble pas. Il est ridicule, dis-lui de ma part, dans son joli costume d'Harlequin (les romans), pas crédible une minute en amoureux transi et pathétiquement grotesque dans ses niaiseries à l'eau de rose ! Recalé au casting !

L'idée absurde que l'individu a droit à l'amour comme à la Sécurité sociale est bien le plus gros mensonge, la plus vaste imposture véhiculée par les cinéastes à la noix, les romanciers de mes fesses, les poètes de sous-préfecture, les chanteurs niaiseux ! Ah ! Les cœurs vibrant de concert, la fusion des corps, des âmes et des pensées, la communion des esprits ! Rappelle donc Baudelaire à ton crétin de mari : « Dans l'amour comme dans presque toutes les affaires humaines, l'entente cordiale est le résultat d'un malentendu. Ce malentendu, c'est le plaisir. L'homme crie : "Oh ! Mon ange." La femme roucoule : "Maman ! Maman" et ces deux imbéciles sont persuadés qu'ils pensent de concert. Le gouffre infranchissable, qui fait l'incommunicabilité, reste infranchi. » 99 % des individus vivent sans amour – bien forcés ! L'amour, c'est le cadeau Bonux, c'est en plus, ça ne dure jamais. Tout le monde le sait, mais on veut se persuader du contraire. On n'en meurt pas. Restent les amis, les enfants, la musique et les livres, qui, eux, existent, Dieu merci, et nous rendent la vie supportable et parfois délicieuse.

Accroche-toi, j'arrive !

Suzanne

Fiona à Gisèle

Saint-Cloud, le 15 mars 1987

Chère Maman,

Votre grand âge est probablement la cause de vos dérapages incontrôlés. Cela fait trente-sept ans que je m'accommode de votre malveillance mais je ne puis tolérer qu'elle atteigne mes enfants. Il est déjà dur pour eux de voir leur père partir, il faut que vous ajoutiez une louche de calomnie (« Fiona trompait ce pauvre garçon depuis des années ») et une pincée d'ignominie (« Delfino était trop bien pour elle ») !

Vous n'avez aimé que vous. Vous n'avez épargné ni Papa, ni Octave sur son physique et son mariage, ni Suzanne sur sa petite taille, ni notre adorable tante Berthe qui nous aime comme une mère, ni personne. Vous vieillirez en tête à tête avec vous-même et nul ne vous en plaindra.

Quant à Marc-Aurèle, que vous portiez aux nues lorsqu'il menait grand train et vous faisait profiter de ses relations, il se conduit en vrai gentilhomme. Maximum Respect : en fuite et en concubinage ! Papa aurait adoré ! C'est maintenant qu'il a besoin de vous et vous en dites pis que pendre. Bravo !

Ne m'appelez plus.

Fiona

Fiona à Suzanne

Saint-Cloud, le 3 mai 1987

Sœurette,

Rions un coup, veux-tu ? Afin de mettre au point notre divorce (« qui ne doit surtout pas traumatiser les enfants » – Delfino devient aussi cul que sa Dulcinée !), je devais déjeuner avec mon futur ex-mari Chez Francis, quand j'ai vu se pointer place de l'Alma un Delfino méconnaissable, bronzé, souriant, ventre plat, cheveux au vent, en un mot, un jeune homme à qui l'avenir sourit à pleines dents ! Un présentateur de jeux télé, un publicitaire, un jeune premier !

J'ai pris le choc de plein fouet, tentant de faire bonne figure à ce pimpant jouvenceau, frais et propret comme un appartement témoin. Dire que j'ai vécu quinze ans à côté de lui et que je ne le reconnais plus. Ni larmes ni regrets, juste un peu de tristesse devant la métamorphose (du cloporte) et l'impression d'avoir cent ans bien sonnés. Sa façon de parler a changé aussi, et ses mots ne sont plus les miens.

Et il a l'air heureux, le salaud, moi qui l'en croyais incapable ! Avec une gourde au QI de moule marinière, aux cheveux jaunes et aux pieds plats. Le plus joyeux pour conclure : Delfino m'a reconduite à Saint-Cloud dans une décapotable rouge pétard avec chaîne stéréo de beauf. Lui qui n'écoutait que les polyphonies corses et les cantates de Bach m'a collé un disque de Madonna puis un de Samantha Fox, en esquissant un déhanchement travoltesque pathétique et en fredonnant « Papa don't preach » (imagine la tronche de Pantaleon s'il entendait fiston dans ses œuvres !). Il y a un mystère de l'amour que tu es priée d'éclaircir à tout prix. Fais-moi part de tes conclusions, sagaces et honnêtes, comme à ton habitude, s'il te plaît.

Je suis ravie que tu aies engueulé Maman aussi. Il n'y a aucune raison qu'elle ne paye pas l'addition un jour ou l'autre. Je te recommande de lire l'interview clandestine que Marc-Aurèle a accordée à un journaliste du « Monde », où il accable ses anciens amis, qu'il accuse de « trahison et forfaiture », et tente d'enfoncer ce malheureux Tristan (bien trop idéaliste pour être malhonnête). Son discours est un ramassis de sous-entendus nauséabonds. Selon Octave, « Marc-Aurèle est un transfuge de droite que le socialisme a conduit aux confins du brigandage et de la crétinerie ».

Fiona

Suzanne à Fiona

Genève, le 15 mai 1987

Ma belle Fiona,

Avant d'entrer dans le vif du sujet, deux nouvelles, une bonne et une mauvaise, sur notre Tristan Moufle. Il a passé deux jours ici, moins flambant que la dernière fois, et pour cause !

Commençons par la bonne : il a retrouvé sans mal la famille de son père, qui n'a guère été surprise de la venue de cet enfant illégitime. Figure-toi qu'Helmut avait fait deux petits bâtards à la femme de chambre de sa mère. Voilà Tristan pourvu de deux grandes sœurs ! Cocasse, non ?

La mauvaise surprise, c'est la mort d'Helmut en 1939. Mort peu glorieuse s'il en est puisque Helmut, quatorzième baron von Wurst, après une soirée arrosée, glissa malencontreusement sur son schnauzer, se brisant net la nuque sur le rebord d'un bidet. Bismarck, la pauvre bête, ne s'en releva pas non plus.

Bon, revenons à Delfino l'Amoroso. N'essayons pas de comprendre pourquoi les maris préfèrent une compagne moins attrayante à leur légitime (comme disait Kennedy : « On ne peut pas manger du caviar tous les jours »), c'est ainsi depuis le précambrien. L'époux d'une ravissante s'éprend d'une mocheté, le mari d'une rêveuse, d'une femme d'affaires, celui d'une flèche, d'une gourde, etc. Je pense que la plupart du temps l'homme est uniquement attiré par un cul neuf, et il croit néanmoins que tout vient du cœur. Cette envie de viande fraîche prend alors le joli nom d'« amour fou » (naturellement, si je soutiens cette thèse en société, je me ferai lyncher pour cynisme éhonté, vision du monde horrifique, manque de sensibilité).

Finalement, les mariages arrangés dans nos excellentes familles avaient du bon et tenaient mieux la route, parce que ni mari ni femme n'attendaient les violons, les gondoles, les soupers, les soupirs, le grand frisson et tout le saint-frusquin. Magie du hasard, cerise sur le gâteau, l'amour se nichait parfois dans la corbeille des mariés (voir tante Berthe et oncle Hélie) ! Mais il y avait moins de frustrés, d'aigris et de déçus, puisqu'il n'y avait pas de promesses fallacieuses ni de serments d'amour éternel. « Rien ne prouve mieux la nécessité d'un mariage indissoluble que l'instabilité de la passion », écrivait Balzac. Dans les mariages de raison, moins de pleurs et de grincements de dents. Adultère, oui, divorce, non. Et tant mieux pour les enfants ! (C'était le « quart d'heure Vieille France de sœur Suzanne ».)

Ne t'étonne pas de la métamorphose de Delfino. Il plane, il lévite, il rêve. Normal. Il est en pleine phase fusionnelle – ou phase narcissique, comme on dit dans « Marie-Belle ». Il jouit de se voir si beau dans les yeux de l'aimée et vice versa. Et c'est vrai que l'amour embellit. Tu deviens la reine des fées, le roi du monde ! Rappelle-toi les débuts avec Pierre, Paul, Jacques. Durée moyenne : deux ans. Six dans le meilleur des cas.

Plus dure sera la chute, crois-moi, quand la réalité se présentera dans le plus simple appareil. Elle pointera le doigt sur son abdomen flasque et blanchâtre, sur sa tonsure de bénédictin, sur ses poils dans le nez, ses ronflements de Boeing, ses flatulences nocturnes, ses lamentables manœuvres copulatoires. Et lui se mettra à haïr cette bécasse ennuyeuse, pleurnicharde et variqueuse qui se vengera de sa pauvre existence en bâclant les repas, en houspillant son entourage, en imposant le silence devant « La Roue de la fortune » ou « Navarro ». Juliette métamorphosée en Harpie, Roméo, en barbon barbant et gras du bide ! Et les enfants se feront une joie de leur rappeler qu'ils ont piétiné égoïstement leur enfance, pour vivre une aventure foireuse ; leurs amis les fuiront tant ils seront sinistres ; et ils se mordront les doigts d'avoir chamboulé leur vie conjugale. Tout ça pour ça ! comme disait Machin. Belle réussite, non ?

Tu dois me trouver glauque, mais tu sais que j'essaie d'être le plus sincère possible.

Aux dernières nouvelles, Marc-Aurèle rentrerait d'Uruguay si on lui assurait l'impunité. Sinon, il ferait des révélations fracassantes sur des « personnages très haut placés ». A-t-il perdu les pédales ? Il risque sa peau à présent !

Courage, confiance, endurance, ma petite sœur !

Suzanne

Berthe à Fiona

Charlemont, le 15 juin 1987

Ma chère Fiona,

Le malheur s'abat sur la maison et il pleut des divorces comme des gravelottes. Tu n'es pas fautive, ma petite fille ! Tu es une charmante épouse et une adorable maman. Marc-Aurèle, c'est autre chose, il a été contaminé par des idées de mécréants. Tu vois, Fiona, avant la guerre, la famille n'avait commis aucune mésalliance (sauf notre petite tante Marguerite, qui en a été cruellement punie). Ta sœur a voulu épouser un hérétique, le petit ménage a l'air de se bien porter, c'est une chance ! Mais toi, tu as choisi un garçon intelligent, bel homme, mais peu éduqué et d'une famille de sauvages. Quand je pense que Delfino ne fait pas régulièrement ses Pâques, comment veux-tu qu'il se comporte en gentleman ?

Mes gendre et belles-filles sont peut-être moins « dans le coup », mais ils vont à la messe le Dimanche, transmettent les vraies valeurs à leurs enfants (prier, obéir, travailler) et ne risquent pas de s'envoler avec le mari ou la femme du voisin.

Ils savent leurs devoirs d'époux, de parents et de Chrétiens, et cela vaut mieux pour tout le monde.

Vois-tu, Fiona, la tradition, les valeurs ancestrales qui sont ridiculisées à la télévision et au cinéma ont une importance capitale pour la famille catholique, sa stabilité et l'avenir de la France.

Reprends courage, je prie pour vous ! Delfino va comprendre qu'on ne peut construire son bonheur sur les ruines de sa famille légitime.

Tante Berthe

10

Secrets de famille, 1988-1989

« Mon âme a son secret, ma vie a son mystère »

Aux abords de l'humour, il y a de la mort, du mensonge, de l'humilité, du refus, de la solitude, une tendresse insupportable et tendue, un refus des apparences, la préservation d'un secret, le fait d'une distance infinie, un cri en contrecoup de l'injustice.

François Billetdoux

Fiona à Suzanne

Paris, le 18 avril 1988

Chère Suzanne,

Joyeuses Pâques en Suisse ! Ici, c'est la déconfiture complète. Mon divorce a été prononcé ; notre maison de Saint-Cloud, vendue ; Marc-Aurèle, rentré d'Uruguay, poursuivi pour malversations et quitté par Victoire – qui a trouvé une nouvelle victime, Paul-Edmond Frelon-Boutard, lequel, faute de particule (et de partie tête), s'est collé des tirets un peu partout ; et toi qui n'as plus touché un piano depuis deux cents ans pour cause de fertilité galopante et de flemmingite aiguë ; et Octave, nom de nom, Octave !

Jette donc un œil sur la couverture de « Télé-Zèbre ». Oui, c'est bien notre frère très aimé, en smoking pailleté bleu roi et nœud papillon géant, tenue ébouriffante et réglementaire de l'animateur télévisuel. Car Octave a conçu deux émissions aux noms navrants et annonciateurs de décervelage organisé, « Le Tagada » et « Le Oukilé » ! Octave entre par la grande porte dans le monde merveilleux de nos amis les stars du petit écran !

L'Académie des inscriptions et belles-lettres va le lourder pour assassinat de la langue française aggravé d'encouragement à la connerie ambiante ! Ô, grand Roland, où es-tu ? Ô, mânes de Du Guesclin, voilez-vous la face ! Ô, épigraphistes de tous pays, rentrez sous terre ! Notre preux sans peur et sans reproche, notre vaillant champion des greens, s'est laissé charmer par les sirènes de la modernité la plus nulle. Et Henriette qui ne se sent plus depuis qu'elle a déjeuné entre Christian Lajaunisse et Patrick Taylor…

Bon, assez rigolé ! Je suis enchantée de rentrer à Paris. Me voici, tel Rastignac, décidée à faire mon retour dans la vie active. Mes charmants patrons de « Regard sur l'art » me proposent de travailler plein pot sur les « étoiles montantes de l'art contemporain ». Je suis sommée de « découvrir le Rembrandt et le Vélasquez des années 90 ». Ça va être coton ! Tout ce que j'ai vu en un mois se limite à des « poils pubiens masculins tressés sous vide ».

Tristan t'a-t-il fait part des trois lettres anonymes reçues en une même semaine, lui révélant que sa mère est encore vivante ? Pauvre Moufle ! Cela fend le cœur de le voir ainsi, lui, le chantre de la « pensée positive », hanté par la recherche de ses racines. Il est plongé jusqu'aux oreilles dans cette quête, au point qu'il ne peut plus rien entreprendre avant de savoir ! Il vit désormais chez son oncle à Charlemont, s'est inscrit au chômage et consacre tout son foutu temps aux ouvrages de psycho-généalogie. Il dépérit à vue d'œil ! Fasse le Ciel que son correspondant inconnu lui lâche bientôt le nom de sa génitrice, pour qu'il reprenne goût à la vie !

Porte-toi bien et embrasse tout le monde,

Fiona

Berthe à Suzanne

Charlemont, le 5 mai 1988

Ma petite Suzanne,

Il faut que tu viennes de toute urgence à Paris, où il se trame des choses bien peu catholiques. Hélie et moi tiendrons conseil de famille le 15 mai à dix heures à Charlemont, avec tes frères et sœurs, sans vos enfants, ni conjoints. Je ne peux en dire plus pour l'instant, mais l'heure est extrêmement grave pour nous tous !

Je compte sur toi. Prions le Seigneur qu'Il nous aide de Sa Lumière !

Tante Berthe

Fiona à Suzanne

Charlemont, le 15 mai 1988

Suzanne, ma chère petite sœur,

Ton lumbago t'a permis d'éviter un séisme de magnitude 9 sur l'échelle de Richter ! La nouvelle est atroce et déconcertante, mais permet de comprendre bien des choses.

Ce matin, nous étions réunis, tante Berthe, Marc-Aurèle, Octave, Tristan et moi, lorsque oncle Hélie a sorti plusieurs papiers et nous a donné lecture d'une lettre du père Moufle adressée à Tristan.

Cher enfant,

Je t'ai recueilli à ta naissance et confié à mon frère, pensant ainsi faire mon devoir de chrétien. Il a été jugé préférable d'annoncer à ta très jeune maman que tu étais mort à la naissance. Cette nouvelle a plongé la pauvre petite dans un état de désespoir dont elle n'est jamais sortie.

Si je parle aujourd'hui, c'est pour t'aider à avancer dans la vie en me délivrant du poids d'un secret devenu trop lourd et pour aider ta mère à retrouver ses esprits en même temps que son enfant. Avant ma mort, je désirais soulager ma conscience d'un crime que je suis le seul à assumer désormais. Atteint d'un cancer généralisé et âgé de quatre-vingt-sept ans, mes jours sont comptés.

Je te joins les papiers afférents à ta naissance, ainsi que la partie manquante de la photo de ton père que je t'ai donnée. C'est ton seul « portrait de famille » puisque tu y figures, sous la robe de ta mère, enceinte de trois mois !

Je me retire dans une maison de santé tenue par les frères de mon ordre, les Jésuites. Que Dieu, ta famille maternelle et toi-même me pardonnent !

Ton oncle qui t'aime et te supplie de prier pour lui

Sur l'enveloppe figurent les lignes suivantes :

À Tristan von Wurst, né le 19 septembre 1937, du baron Helmut von Wurst, né à Francfort en 1911, et de Gisèle d'Arbrun, née à Paris en 1920.

Notre frère Tristan est tombé en syncope à la lecture de la lettre. Et nous sommes restés cois pendant des minutes interminables. Tante Berthe pleurait à gros sanglots sans discontinuer.

Elle a avoué avoir été au courant de la grossesse de Maman, follement éprise d'Helmut et certaine qu'il l'épouserait, mais l'oiseau s'est volatilisé lorsqu'il a su qu'elle était enceinte. Tante Berthe aussi avait cru à la version de la mort de l'enfant !

Quel drame pour Maman et comme elle a eu de bonnes raisons de haïr le monde ! Tu vois que je brûlais quand je la soupçonnais d'avoir subi un choc à l'âge de seize ans. Le pieux mensonge, la bienséance, l'honneur, le qu'en-dira-t-on ont brisé sa vie et fait le malheur de notre père, qu'elle n'aimait pas, et de ses enfants, qu'elle a rejetés avec tant de violence. Triste époque d'avant guerre, où être mère célibataire à seize ans était la honte absolue, et l'avortement péché mortel ! C'est un gâchis irréparable.

Nous avons donc un demi-frère, ma chère Suzon. Curieusement, nous avons réalisé, les frères et moi, que nous aimions infiniment Tristan depuis toujours. Le père Moufle avait peut-être choisi de le faire vivre tout près de Charlemont, au foyer de son frère, pour le rapprocher de sa famille biologique et lui dévoiler un jour le nom de sa mère, si Tristan en faisait la demande.

Tristan a hâte de voir Maman afin de lui annoncer la bonne (?) nouvelle. Reconnaissance, tendres retrouvailles, Maman et Fiston, main dans la main, sur un chemin bordé de roses ! Je comprends les attentes de Tristan, mais il risque de tomber de haut face à notre chienne de mère ! Elle peut refuser de l'entendre ou de le croire, devenir encore plus barge ou mourir de saisissement. Essayer à tout prix de faire parler Maman peut la faire s'effondrer. Il lui faudra prendre des gants, pour ne pas dire des moufles !

Les frères sont tout à fait contre, tante Berthe, toujours naïve et fleur bleue, pour. Mais Tristan n'a pas besoin de notre aval, et comment lui interdire de rencontrer sa mère ? Comment l'empêcher d'espérer ? Il y a un demi-siècle qu'ils ne se sont pas vus !

Écris vite !

Fiona, désemparée

Berthe à Gisèle

Charlemont, le 20 mai 1988

Ma grande sœur chérie,

J'aimerais tant que tu viennes passer un long moment à la maison. Il y a si longtemps que nous ne nous sommes pas vues ! Hélie se rend à Paris le 28. Veux-tu qu'il passe te prendre à cette occasion ? Nous parlerons du bon vieux temps. Tristan, que tu apprécies beaucoup et réciproquement, sera ravi de passer un moment près de toi. Tous tes enfants aussi.

Nous t'embrassons tous, ma jolie sœur !

Berthe, qui t'aime tendrement

Suzanne à Fiona

Genève, le 22 mai 1988

Ma chère Fiona,

Tristan sort d'ici, tel un fou furieux ! Je ne me suis pas gênée pour l'avertir des dégâts inévitables qu'il allait provoquer s'il rencontrait Maman. Je lui ai interdit de m'appeler « petite sœur » – il y a des limites au ridicule ! Et quel pathos, quels trémolos ! La grande scène du III, « Le retour du fils perdu et retrouvé » !

Il est toujours pénétré de théories archi-fumeuses,

comme il y a vingt ans ! Et cette foutue « analyse transgénérationnelle », dont il me bassine (« ce qui ne peut se mettre en mots se met en maux » – élémentaire, non ? mais essaye donc de traduire ce brillant jeu de mots ! ça ne fonctionne plus !), me terrorise autant que ce besoin pressant de vider son sac, de parler, de s'exprimer, de dire toute la vérité, rien que la vérité, « pour le plus grand bien de nous tous » ! Qu'il la boucle ! Ou qu'il consulte un bon psychiatre (on évitera le psy à deux balles, responsable de moult dégâts) !

Ce garçon est malade et à moitié idiot. Il ose m'affirmer sans rire que « le silence du secret a engendré un dynamisme distordu de notre groupe familial et a produit des conflits majeurs ». Dieu merci, Tristan-Zorro est arrivé, flanqué de ses idées à la gomme. Et il va s'empresser de mettre Maman au parfum ! Mais quelle odeur de moisi et de cadavre s'en échappera ? Maman est branque depuis cinquante ans, elle ne va pas se métamorphoser en ange éperdu de douceur et d'amour par la grâce d'une horrible révélation. La vérité doit retourner là où elle aurait dû rester, tout au fond du puits ! Tristan se paye déjà un père maladroit et idiot, mort d'avoir dérapé sur son chien, il va avoir l'excellente surprise d'être le fils d'une garce à moitié givrée…

Enfin, d'après notre demi-frère (quelle horreur !), notre secret de famille est « top niveau » ! C'est le plus juteux, le gagnant toutes catégories, le « secret toxique », c'est-à-dire interdit, provoquant une douleur chez un membre de la famille (Maman) dont les enfants souffrent atrocement (air réjoui de Tristan). Nous voilà tous intoxiqués. Et nous avons un bol fou car notre secret porte à la fois sur la naissance et sur la mort. D'où il découle que nous devrions être psychotiques ou insomniaques ou dépressifs ou coléreux ou les quatre à la fois. CQFD. Enfin, j'imagine la gueule de Maman quand Tristan lui annoncera dans un grand sourire : « Coucou, Maman chérie, je suis le fils d'Helmut ! »

Je suis plus en rogne qu'émue, vois-tu. Serait-ce moi la coléreuse, Octave, l'insomniaque, Marc-Aurèle, le psychotique et toi, la dépressive ? Tout cet imbroglio familial ressemble à un mauvais mélo.

Je t'embrasse,

Suzanne

PS : Tu es priée de recouvrer tes esprits au plus vite !

Fiona à Suzanne

Paris, le 30 mai 1988

Chère sœur à 100 %,

Bien sûr, tu avais vu juste ! Notre pauvre Tristan a filé à Paris ventre à terre pour voir SA maman ! Heureusement, tante Berthe, dans une intuition fulgurante, avait prévu le coup et installé notre mère à Charlemont, « afin de la préparer en finesse et en douceur ».

À peine Maman était-elle descendue de voiture que notre bonne tante l'étreignait en sanglotant. Devant l'expression ahurie de Maman, oncle Hélie se décida à prendre les choses en main et inventa une histoire abracadabrante sur la mort en couches de Turlutte, l'épagneul breton de tante Berthe (« sa épagneule bretonne », pour brosser nos féministes dans le sens du poil), qui la précipitait dans le désarroi, les larmes et l'incohérence !

Maman ne comprenait rien et pensait que l'on se foutait de sa gueule. C'est alors que tante Berthe perdit totalement son sang-froid et les pédales et se mit à gémir, en riant et pleurant à la fois : « Gisèle, Gisèle, ton fils est vivant. » Maman répondit d'un ton rogue : « En voilà une bonne nouvelle ! », prit sa mine de lama offensé et gravit le perron avec la majesté d'une reine de tragédie se retirant dans ses appartements.

Pendant que Berthe en pleurs se faisait engueuler par oncle Hélie et nous tous réunis, devine alors qui se pointa en cette heure fatidique ? Le malheureux Tristan, qui s'engouffra dans la maison aux basques de Maman…

Nous n'en menions pas large. On aurait entendu péter une mouche. Une heure plus tard, notre demi-frère, tout marri, tout gueurdi, tout racornissou, pour parler comme Céleste, nous rejoignait pour nous narrer la scène des retrouvailles. « Notre pauvre maman n'a pas bougé d'un cil. Elle est restée muette, m'a regardé comme un Martien pour finalement me traiter de "petit escroc qui en veut à ma fortune" ! »

Cependant, Tristan ne désespère pas de lui faire entendre raison. Il a cru bon de citer la fière devise de Guillaume d'Orange, « Il n'est pas nécessaire d'espérer pour entreprendre, ni de réussir pour persévérer », telle que Papa nous la servait douze fois par an en guise d'encouragements. Je crois qu'il devrait renoncer. Maman, en cinquante ans, a eu le loisir de se bricoler un bouclier imparable, le déni, pour parler comme le traître Delfino. Mon ex-moitié avait en effet repéré l'extraordinaire capacité maternelle à nier l'évidence (son âge, ses liftings, ses chapardages, ses calomnies). Ce n'est pas en se collant sous son nez et en pleurnichant « Maman » que Tristan pouvait susciter la moindre marque d'intérêt. Pour ses quatre enfants légitimes, elle fait l'œil de verre, alors… Il n'empêche que je me fais du souci pour l'avenir.

Reste qu'Octave et Marc-Aurèle ne voient pas d'un bon œil l'arrivée d'un cinquième larron dans le paysage familial. Héritage, héritage, quand tu nous tiens…

Je te mettrai au courant des prochains développements de l'affaire.

Je t'embrasse,

Fiona

Suzanne à Berthe

Ars-en-Ré, le 19 juillet 1988

Ma petite tante,

Maman ne va pas bien du tout. Elle ne veut même plus se lever pour aller chez le coiffeur. Elle, si soignée, si préoccupée de son apparence, part à la dérive. Je dois me battre pour qu'elle se lave et s'habille. Elle passe la journée assise, prostrée, sans lire ni parler, le regard fixe. Elle ne se lève que pour vider le frigo. Elle a pris au moins dix kilos en trois mois. Elle ne rentre plus que dans un vieux peignoir de bain et refuse d'aller faire du shopping, son sport préféré autrefois. Elle ne communique que par de vagues mouvements mous et las. On en arriverait presque à regretter ses vacheries. Ondina résume bien le problème : « Ah, cha ! On dirait que Madame elle rechte comme oune médouge, sour lé canapé ! Elle qui mé traitait dé bonne à rienne, elle va dévénir comme oune bonbonne ! »

Tristan peut bien se mordre les phalanges jusqu'à l'os. C'est son attitude de crétin irresponsable qui a plongé notre mère dans cet état léthargique. Maman avait enfoui son drame pour l'oublier et ce funeste abruti vient le lui rappeler brutalement. Soit elle ne le croit pas, soit elle fait semblant. Mais elle est en train d'en crever…

Je vous embrasse,

Suzanne

PS : Fiona et Octave prennent le relais le mois prochain. Pour la rentrée, nous aviserons, mais Maman ne peut pas retourner vivre seule à Paris.

~

Berthe à Suzanne

Charlemont, le 30 juillet 1988

Ma petite Suzanne,

Comme je me sens fautive de l'état de ta mère ! Je ne me console pas d'avoir perdu mon sang-froid. Hélas ! Et Tristan a achevé la besogne !

Je me taisais depuis cinquante ans, croyant détenir un affreux secret, et j'ignorais que le père Moufle et mes propres parents m'avaient caché la triste vérité : l'enfant était bien vivant et habitait à deux kilomètres de chez nous. J'en fais d'horribles cauchemars et en veux à mort à mes parents et au père Moufle. En pensant agir « comme il faut », ils se sont rendus coupables d'un crime qui a fait le malheur de Gisèle, puis le vôtre, et maintenant celui du petit Tristan ! Que vaut l'honneur d'une famille s'il est le fruit du mensonge ?

Mes parents ont fait de ma sœur, exquise, gaie et généreuse, une femme dure, sèche et égoïste. Une déséquilibrée !

En décembre 1937, trois mois après son accouchement, elle me parlait encore souvent de son bébé mort, de la fuite d'Helmut, de son dégoût de la vie et de sa haine des parents. Et puis, au bout d'une année à peine, elle a cessé d'évoquer cette tragédie.

Dès son retour en septembre, nous installerons Gisèle à Charlemont avec une aide-soignante, afin qu'elle ne manque de rien. Merci de prendre soin de ta mère. Elle n'est pas facile !

Tante Berthe

Fiona à Suzanne

Charlemont, le 3 novembre 1988

Ma chère Suzon,

Voilà, tout est achevé. Ce matin, tante Berthe s'est alarmée de ne pas trouver Maman dans son lit. C'est oncle Hélie, parti à sa recherche, qui l'a aperçue, flottant sur l'étang, dans sa chemise de nuit, comme une vieille Ophélie, sans avoir laissé une lettre, un mot, rien !

Pauvre mère, qui a décidé d'en finir avec une existence bousillée dès l'adolescence. Toute ma vie je regretterai de n'avoir pas réussi à avoir une véritable conversation avec elle. Et ce n'est pas à travers la tombe qu'elle pourra me répondre. J'aurais voulu la consoler, la prendre dans mes bras, lui dire que je l'ai aimée quand même.

Dans son sac à main, nous avons trouvé deux lettres d'Helmut, que nous donnerons à Tristan. Et une ligne de la main de Maman, datée de Noël 1937, au dos d'une photo la représentant, charmante et rieuse : « Gisèle d'Arbrun, morte avec son enfant le 19 septembre 1937. Requiescat in pace. »

Et maintenant, il ne reste qu'à nous taire et pleurer.

Fiona

Suzanne à Fiona

Genève, le 26 décembre 1988

Ma bonne sœur,

Ce premier Noël des orphelins Le Bléveau a été finalement plus réussi que tous ceux que nous avons connus. Pas de sous-entendus fielleux ni de faux-semblants, pas de cadeaux ratés ni de mines navrées. Même la dinde et la bûche avaient meilleur goût. Tante Berthe, qui, malgré ses soixante-cinq printemps, a conservé l'âme naïve et romanesque d'une jeune fille en fleurs, était rose d'émotion après la messe de minuit. Elle m'a confié que « Gisèle du haut du Ciel bénissait sa famille en l'inondant de ses bienfaits ! ». Tu parles !

Mais il est juste d'observer que la mort de Maman a été suivie d'une flopée de bonnes nouvelles.

Octave renonce pour cause de deuil à ses prestations guignolo-grotesques en costume de Gugusse à la télévision et retourne à ses clubs de golf et à ses chères études. Marc-Aurèle va profiter d'une loi d'amnistie et pourra se consacrer encore longtemps à ses associations (de malfaiteurs ?).

Et le meilleur pour la fin : Tristan, qui a quand même réussi à tuer deux fois notre mère, d'abord à sa naissance, puis en se pointant cinquante ans plus tard, Tristan a trouvé le bonheur ! Il m'a écrit des États-Unis qu'il avait « fait le ménage dans sa tête » (l'expression est délicate – pas gêné, le gars !) en réglant l'énigme de ses origines qui le travaillait inconsciemment depuis sa naissance (cause toujours) et qu'il pouvait enfin envisager de fonder une famille (on craint le pire). Toujours connement optimiste, Tristan va achever son « travail de deuil » – tu parles d'un métier ! – et reprendre ses séminaires de psycho-généalogie de mes fesses.

En guise de cadeau d'adieu, il m'a livré les clés de nos personnalités, qu'il a « étudiées avec le cœur d'un frère et le cerveau d'un comportementaliste ». Pourquoi Octave se réfugie-t-il dans le passé ? Pourquoi Marc-Aurèle s'est-il affranchi des tabous de notre milieu ? Pourquoi toi et moi ne respectons-nous rien et préférons-nous rire de tout ? Fastoche ! Selon Moufle, qui connaît son Freud sur le bout des doigts, nous avons réagi chacun à notre manière, par l'humour, l'évitement, le clivage et l'intellectualisation, pour supporter l'insupportable, une mère mal-aimante. Ce n'est pas totalement faux, remarque ! « Se non è vero, è ben trovato. »

Belle surprise de retrouver Delfino, lassé de sa Bécassine et vacciné à vie – espérons-le – contre les aventures extraconjugales. Comme l'écrit Léautaud : « Les femmes convenables ne conviennent pas. » Tu as eu raison de passer l'éponge, connaissant le bestiau par cœur. Et, à vrai dire, la balance de ses qualités et de ses défauts penche vigoureusement vers le meilleur.

Mais c'est moi qui modestement décroche le pompon avec la mise en chantier d'une paire de jumelles qui verra (verront) le jour vers le 14 juillet 1989. Nous songeons à les baptiser Bastille et Carmagnole. C'est un signe, ma grande. Nous entrons dans les temps modernes, avec deux siècles de retard, certes, mais nous y entrons !

Baisers à tous,

Suzanne

Fiona à Suzanne

Paris, le 16 juillet 1989

Cher prix Cognacq,

Bienvenue aux ultimes Schlumpfettes dans un monde nouveau, qu'une planète sépare de celui de notre petite enfance. Adieu, convenances, genoux serrés, actes de contrition et pieuses lectures ! Bonjour, fric, sexe et confessions télévisuelles ! Nous vivions paisiblement à l'heure de la comtesse de Ségur et nous voilà précipités en moins d'un quart de siècle dans l'univers de Paul-Loup Sulitzer. Quel choc ! Et nous n'en sommes même pas morts…

Armée de ses croyances et de ses valeurs traditionnelles – Religion, Tradition, Patrie –, notre excellente famille a dû subir de plein fouet et au pas de charge une série de bouleversements qu'Octave n'hésite pas à comparer aux dix plaies d'Égypte dans sa carte de vœux reçue hier. Tu vas voir que ses propos ne manquent pas de lucidité ! Donc, selon Octave :

« En 1962, un cyclone arrache l'Algérie à la France, achevant le démantèlement de l'Empire colonial.

En 1965, un typhon soufflant de Vatican II met à bas un rituel sacré, millénaire et éprouvé.

En mai 68, une éruption volcanique enflamme le pays et réduit en cendres un ordre social fondé sur une hiérarchie séculaire. Les retombées les plus funestes : féminisme, gauchisme, pornographie, jeunisme, écologie, drogue et contestation systématique de toute autorité, empoisonnent encore notre pauvre pays.

À partir des années 70, un raz-de-marée dépose sur notre sol un flux incontrôlable de malheureux émigrés que l'on parque dans des cités où ils se reproduisent comme des lapins.

À la même époque, une pluie de sauterelles ou, pire, de psychologues s'abat sur l'Entreprise, la Fonction Publique, la Famille, offrant aux enfants, aux élèves, aux salariés tous les droits, ne laissant aux patrons, enseignants et parents que les devoirs.

Enfin, en mai 81, une tempête de force 10 secoue durablement le pays en portant au pouvoir la Gauche et son hideux cortège d'Impôts accablants, de Communistes hilares, de Gay Pride obscène, d'Affairisme triomphant, de Dérision et de Cynisme. »

Un nouveau monde émerge donc, où l'on voit l'argent primer sur la naissance, l'arrivisme sur les bonnes manières, l'individu sur l'intérêt général et la jouissance immédiate sur le salut éternel.

Et le lundi matin, le canard, pardon, les Le Bléveau étaient toujours vivants. Quelle résistance, quelle souplesse, quelle faculté d'adaptation !

Ainsi va notre belle et bonne famille, poussée, secouée, chahutée, cabossée par les bouleversements prodigieux du monde extérieur et les tragédies personnelles, depuis des siècles et des siècles. Ainsi soit-il ! Ainsi va la vie.

Fiona

Table

RÉALISATION : PAO ÉDITIONS DU SEUIL
IMPRESSION : BRODARD ET TAUPIN À LA FLÈCHE
DÉPÔT LÉGAL : JUIN 2006. N° 87360. (35765)
IMPRIMÉ EN FRANCE

Collection Points

DERNIERS TITRES PARUS

P820. Sempre caro, *Marcello Fois*
P821. Palazzo maudit, *Stéphanie Benson*
P822. Le Labyrinthe des sentiments, *Tahar Ben Jelloun*
P823. Iran, les rives du sang, *Fariba Hachtroudi*
P824. Les Chercheurs d'os, *Tahar Djaout*
P825. Conduite intérieure, *Pierre Marcelle*
P826. Tous les noms, *José Saramago*
P827. Méridien de sang, *Cormac McCarthy*
P828. La Fin des temps, *Haruki Murakami*
P830. Pour que la terre reste humaine, *Nicolas Hulot, Robert Barbault et Dominique Bourg*
P831. Une saison au Congo, *Aimé Césaire*
P832. Le Manège espagnol, *Michel Del Castillo*
P833. Le Berceau du chat, *Kurt Vonnegut*
P834. Billy Straight, *Jonathan Kellerman*
P835. Créance de sang, *Michael Connelly*
P836. Le Petit Reporter, *Pierre Desproges*
P837. Le Jour de la fin du monde…, *Patrick Grainville*
P838. La Diane rousse, *Patrick Grainville*
P839. Les Forteresses noires, *Patrick Grainville*
P840. Une rivière verte et silencieuse, *Hubert Mingarelli*
P841. Le Caniche noir de la diva, *Helmut Krausser*
P842. Le Pingouin, *Andreï Kourkov*
P843. Mon siècle, *Günter Grass*
P844. Les Deux Sacrements, *Heinrich Böll*
P845. Les Enfants des morts, *Heinrich Böll*
P846. Politique des sexes, *Sylviane Agacinski*
P847. King Suckerman, *George P. Pelecanos*
P848. La Mort et un peu d'amour, *Alexandra Marinina*
P849. Pudding mortel, *Margaret Yorke*
P850. Hemoglobine Blues, *Philippe Thirault*
P851. Exterminateurs, *Noël Simsolo*
P852. Une curieuse solitude, *Philippe Sollers*
P853. Les Chats de hasard, *Anny Duperey*
P854. Les poissons me regardent, *Jean-Paul Dubois*
P855. L'Obéissance, *Suzanne Jacob*
P856. Visions fugitives, *William Boyd*

P857. Vacances anglaises, *Joseph Connolly*
P858. Le Diamant noir, *Peter Mayle*
P859. Péchés mortels, *Donna Leon*
P860. Le Quintette de Buenos Aires
Manuel Vázquez Montalbán
P861. Y'en a marre des blondes, *Lauren Anderson*
P862. Descente d'organes, *Brigitte Aubert*
P863. Autoportrait d'une psychanalyste, *Françoise Dolto*
P864. Théorie quantitative de la démence, *Will Self*
P865. Cabinet d'amateur, *Georges Perec*
P866. Confessions d'un enfant gâté, *Jacques-Pierre Amette*
P867. Génis ou le Bambou parapluie, *Denis Guedj*
P868. Le Seul Amant, *Eric Deschodt, Jean-Claude Lattès*
P869. Un début d'explication, *Jean-Marc Roberts*
P870. Petites Infamies, *Carmen Posadas*
P871. Les Masques du héros, *Juan Manuel de Prada*
P872. Mal'aria, *Eraldo Baldini*
P873. Leçons américaines, *Italo Calvino*
P874. L'Opéra de Vigata, *Andrea Camilleri*
P875. La Mort des neiges, *Brigitte Aubert*
P876. La lune était noire, *Michael Connelly*
P877. La Cinquième Femme, *Henning Mankell*
P878. Le Parc, *Philippe Sollers*
P879. Paradis, *Philippe Sollers*
P880. Psychanalyse six heures et quart
Gérard Miller, Dominique Miller
P881. La Décennie Mitterrand 4
Pierre Favier, Michel Martin-Roland
P882. Trois Petites Mortes, *Jean-Paul Nozière*
P883. Le Numéro 10, *Joseph Bialot*
P884. La seule certitude que j'ai, c'est d'être dans le doute
Pierre Desproges
P885. Les Savants de Bonaparte, *Robert Solé*
P886. Un oiseau blanc dans le blizzard, *Laura Kasischke*
P887. La Filière émeraude, *Michael Collins*
P888. Le Bogart de la cambriole, *Lawrence Block*
P889. Le Diable en personne, *Robert Lalonde*
P890. Les Bons Offices, *Pierre Mertens*
P891. Mémoire d'éléphant, *Antonio Lobo Antunes*
P892. L'Œil d'Ève, *Karin Fossum*
P893. La Croyance des voleurs, *Michel Chaillou*

P894. Les Trois Vies de Babe Ozouf, *Didier Decoin*
P895. L'Enfant de la mer de Chine, *Didier Decoin*
P896. Le Soleil et la Roue, *Rose Vincent*
P897. La Plus Belle Histoire du monde, *Joël de Rosnay Hubert Reeves, Dominique Simonnet, Yves Coppens*
P898. Meurtres dans l'audiovisuel, *Yan Bernabot, Guy Buffet Frédéric Karar, Dominique Mitton et Marie-Pierre Nivat-Henocque*
P899. Tout le monde descend, *Jean-Noël Blanc*
P900. Les Belles Âmes, *Lydie Salvayre*
P901. Le Mystère des trois frontières, *Eric Faye*
P902. Petites Natures mortes au travail, *Yves Pagès*
P903. Namokel, *Catherine Lépront*
P904. Mon frère, *Jamaica Kincaid*
P905. Maya, *Jostein Gaarder*
P906. Le Fantôme d'Anil, *Michael Ondaatje*
P907. Quatre Voyageurs, *Alain Fleischer*
P908. La Bataille de Paris, *Jean-Luc Einaudi*
P909. L'Amour du métier, *Lawrence Block*
P910. Biblio-quête, *Stéphanie Benson*
P911. Quai des désespoirs, *Roger Martin*
P912. L'Oublié, *Elie Wiesel*
P913. La Guerre sans nom *Patrick Rotman et Bertrand Tavernier*
P914. Cabinet-portrait, *Jean-Luc Benoziglio*
P915. Le Loum, *René-Victor Pilhes*
P916. Mazag, *Robert Solé*
P917. Les Bonnes Intentions, *Agnès Desarthe*
P918. Des anges mineurs, *Antoine Volodine*
P919. L'Ingénieux Hidalgo Don Quichotte 1 *Miguel de Cervantes*
P920. L'Ingénieux Hidalgo Don Quichotte 2 *Miguel de Cervantes*
P921. La Taupe, *John le Carré*
P922. Comme un collégien, *John le Carré*
P923. Les Gens de Smiley, *John le Carré*
P924. Les Naufragés de la Terre sainte, *Sheri Holman*
P925. Épître des destinées, *Gamal Ghitany*
P926. Sang du ciel, *Marcello Fois*
P927. Meurtres en neige, *Margaret Yorke*
P928. Heureux les imbéciles, *Philippe Thirault*

P929. Beatus Ille, *Antonio Muñoz Molina*
P930. Le Petit Traité des grandes vertus
André Comte-Sponville
P931. Le Mariage berbère, *Simonne Jacquemard*
P932. Dehors et pas d'histoires, *Christophe Nicolas*
P933. L'Homme blanc, *Tiffany Tavernier*
P934. Exhortation aux crocodiles, *Antonio Lobo Antunes*
P935. Treize Récits et Treize Épitaphes, *William T. Vollmann*
P936. La Traversée de la nuit, *Geneviève de Gaulle Anthonioz*
P937. Le Métier à tisser, *Mohammed Dib*
P938. L'Homme aux sandales de caoutchouc, *Kateb Yacine*
P939. Le Petit Col des loups, *Maryline Desbiolles*
P940. Allah n'est pas obligé, *Ahmadou Kourouma*
P941. Veuves au maquillage, *Pierre Senges*
P942. La Dernière Neige, *Hubert Mingarelli*
P943. Requiem pour une huître, *Hubert Michel*
P944. Morgane, *Michel Rio*
P945. Oncle Petros et la Conjecture de Goldbach
Apostolos Doxiadis
P946. La Tempête, *Juan Manuel de Prada*
P947. Scènes de la vie d'un jeune garçon, *J.M. Coetzee*
P948. L'avenir vient de loin, *Jean-Noël Jeanneney*
P949. 1280 Âmes, *Jean-Bernard Pouy*
P950. Les Péchés des pères, *Lawrence Block*
P951. Les Enfants de fortune, *Jean-Marc Roberts*
P952. L'Incendie, *Mohammed Dib*
P953. Aventures, *Italo Calvino*
P954. Œuvres pré-posthumes, *Robert Musil*
P955. Sérénissime Assassinat, *Gabrielle Wittkop*
P956. L'Ami de mon père, *Frédéric Vitoux*
P957. Messaouda, *Abdelhak Serhane*
P958. La Croix et la Bannière, *William Boyd*
P959. Une voix dans la nuit, *Armistead Maupin*
P960. La Face cachée de la lune, *Martin Suter*
P961. Des villes dans la plaine, *Cormac McCarthy*
P962. L'Espace prend la forme de mon regard, *Hubert Reeves*
P963. L'Indispensable Petite Robe noire, *Lauren Henderson*
P964. Vieilles Dames en péril, *Margaret Yorke*
P965. Jeu de main, jeu de vilain, *Michelle Spring*
P966. Carlota Fainberg, *Antonio Muñoz Molina*
P967. Cette aveuglante absence de lumière, *Tahar Ben Jelloun*

P968. Manuel de peinture et de calligraphie, *José Saramago*
P969. Dans le nu de la vie, *Jean Hatzfeld*
P970. Lettres luthériennes, *Pier Paolo Pasolini*
P971. Les Morts de la Saint-Jean, *Henning Mankell*
P972. Ne zappez pas, c'est l'heure du crime, *Nancy Star*
P973. Connaissance de la douleur, *Carlo Emilio Gadda*
P974. Les Feux du Bengale, *Amitav Ghosh*
P975. Le Professeur et la Sirène
Giuseppe Tomasi di Lampedusa
P976. Éloge de la phobie, *Brigitte Aubert*
P977. L'Univers, les dieux, les hommes, *Jean-Pierre Vernant*
P978. Les Gardiens de la vérité, *Michael Collins*
P979. Jours de Kabylie, *Mouloud Feraoun*
P980. La Pianiste, *Elfriede Jelinek*
P981. L'homme qui savait tout, *Catherine David*
P982. La Musique d'une vie, *Andreï Makine*
P983. Un vieux cœur, *Bertrand Visage*
P984. Le Caméléon, *Andreï Kourkov*
P985. Le Bonheur en Provence, *Peter Mayle*
P986. Journal d'un tueur sentimental et autres récits
Luis Sepúlveda
P987. Étoile de mère, *G. Zoë Garnett*
P988. Le Vent du plaisir, *Hervé Hamon*
P989. L'Envol des anges, *Michael Connelly*
P990. Noblesse oblige, *Donna Leon*
P991. Les Étoiles du Sud, *Julien Green*
P992. En avant comme avant !, *Michel Folco*
P993. Pour qui vous prenez-vous ?, *Geneviève Brisac*
P994. Les Aubes, *Linda Lê*
P995. Le Cimetière des bateaux sans nom
Arturo Pérez-Reverte
P996. Un pur espion, *John le Carré*
P997. La Plus Belle Histoire des animaux, *Boris Cyrulnik, Jean-Pierre Digard, Pascal Picq, Karine-Lou Matignon*
P998. La Plus Belle Histoire de la Terre, *André Brahic, Paul Tapponnier, Lester R. Brown, Jacques Girardon*
P999. La Plus Belle Histoire des plantes, *Jean-Marie Pelt, Marcel Mazoyer, Théodore Monod, Jacques Girardon*
P1000. Le Monde de Sophie, *Jostein Gaarder*
P1001. Suave comme l'éternité, *George P. Pelecanos*
P1002. Cinq Mouches bleues, *Carmen Posadas*

P1003. Le Monstre, *Jonathan Kellerman*
P1004. À la trappe !, *Andrew Klavan*
P1005. Urgence, *Sarah Paretsky*
P1006. Galindez, *Manuel Vázquez Montalbán*
P1007. Le Sanglot de l'homme blanc, *Pascal Bruckner*
P1008. La Vie sexuelle de Catherine M., *Catherine Millet*
P1009. La Fête des Anciens, *Pierre Mertens*
P1010. Une odeur de mantèque, *Mohammed Khaïr-Eddine*
P1011. N'oublie pas mes petits souliers, *Joseph Connolly*
P1012. Les Bonbons chinois, *Mian Mian*
P1013. Boulevard du Guinardó, *Juan Marsé*
P1014. Des lézards dans le ravin, *Juan Marsé*
P1015. Besoin de vélo, *Paul Fournel*
P1016. La Liste noire, *Alexandra Marinina*
P1017. La Longue Nuit du sans-sommeil, *Lawrence Block*
P1018. Perdre, *Pierre Mertens*
P1019. Les Exclus, *Elfriede Jelinek*
P1020. Putain, *Nelly Arcan*
P1021. La Route de Midland, *Arnaud Cathrine*
P1022. Le Fil de soie, *Michèle Gazier*
P1023. Paysages originels, *Olivier Rolin*
P1024. La Constance du jardinier, *John le Carré*
P1025. Ainsi vivent les morts, *Will Self*
P1026. Doux Carnage, *Toby Litt*
P1027. Le Principe d'humanité, *Jean-Claude Guillebaud*
P1028. Bleu, histoire d'une couleur, *Michel Pastoureau*
P1029. Speedway, *Philippe Thirault*
P1030. Les Os de Jupiter, *Faye Kellerman*
P1031. La Course au mouton sauvage, *Haruki Murakami*
P1032. Les Sept Plumes de l'aigle, *Henri Gougaud*
P1033. Arthur, *Michel Rio*
P1034. Hémisphère Nord, *Patrick Roegiers*
P1035. Disgrâce, *J.M. Coetzee*
P1036. L'Âge de fer, *J.M. Coetzee*
P1037. Les Sombres Feux du passé, *Chang-rae Lee*
P1038. Les Voix de la liberté, *Michel Winock*
P1039. Nucléaire Chaos, *Stéphanie Benson*
P1040. Bienheureux ceux qui ont soif…, *Anne Holt*
P1041. Le Marin à l'ancre, *Bernard Giraudeau*
P1042. L'Oiseau des ténèbres, *Michael Connelly*
P1043. Les Enfants des rues étroites, *Abdelhak Sehrane*

P1044. L'Île et Une nuit, *Daniel Maximin*
P1045. Bouquiner, *Annie François*
P1046. Nat Tate, *William Boyd*
P1047. Le Grand Roman indien, *Shashi Tharoor*
P1048. Les Lettres mauves, *Lawrence Block*
P1049. L'Imprécateur, *René-Victor Pilhes*
P1050. Le Stade de Wimbledon, *Daniele Del Giudice*
P1051. La Deuxième Gauche, *Hervé Hamon et Patrick Rotman*
P1052. La Tête en bas, *Noëlle Châtelet*
P1053. Le Jour de la cavalerie, *Hubert Mingarelli*
P1054. Le Violon noir, *Maxence Fermine*
P1055. Vita Brevis, *Jostein Gaarder*
P1056. Le Retour des caravelles, *António Lobo Antunes*
P1057. L'Enquête, *Juan José Saer*
P1058. Pierre Mendès France, *Jean Lacouture*
P1059. Le Mètre du monde, *Denis Guedj*
P1060. Mort d'une héroïne rouge, *Qiu Xiaolong*
P1061. Angle mort, *Sara Paretsky*
P1062. La Chambre d'écho, *Régine Detambel*
P1063. Madame Seyerling, *Didier Decoin*
P1064. L'Atlantique et les Amants, *Patrick Grainville*
P1065. Le Voyageur, *Alain Robbe-Grillet*
P1066. Le Chagrin des Belges, *Hugo Claus*
P1067. La Ballade de l'impossible, *Haruki Murakami*
P1068. Minoritaires, *Gérard Miller*
P1069. La Reine scélérate, *Chantal Thomas*
P1070. Trompe la mort, *Lawrence Block*
P1071. V'là aut' chose, *Nancy Star*
P1072. Jusqu'au dernier, *Deon Meyer*
P1073. Le Rire de l'ange, *Henri Gougaud*
P1074. L'Homme sans fusil, *Ysabelle Lacamp*
P1075. Le Théoriste, *Yves Pagès*
P1076. L'Artiste des dames, *Eduardo Mendoza*
P1077. Les Turbans de Venise, *Nedim Gürsel*
P1078. Zayni Barakat, *Ghamal Ghitany*
P1079. Éloge de l'amitié, ombre de la trahison
Tahar Ben Jelloun
P1080. La Nostalgie du possible. Sur Pessoa
Antonio Tabucchi
P1081. La Muraille invisible, *Henning Mankell*
P1082. Ad vitam aeternam, *Thierry Jonquet*

P1083. Six Mois au fond d'un bureau, *Laurent Laurent*
P1084. L'Ami du défunt, *Andreï Kourkov*
P1085. Aventures dans la France gourmande, *Peter Mayle*
P1086. Les Profanateurs, *Michael Collins*
P1087. L'Homme de ma vie, *Manuel Vázquez Montalbán*
P1088. Wonderland Avenue, *Michael Connelly*
P1089. L'Affaire Paola, *Donna Leon*
P1090. Nous n'irons plus au bal, *Michelle Spring*
P1091. Les Comptoirs du Sud, *Philippe Doumenc*
P1092. Foraine, *Paul Fournel*
P1093. Mère agitée, *Nathalie Azoulay*
P1094. Amanscale, *Maryline Desbiolles*
P1095. La Quatrième Main, *John Irving*
P1096. La Vie devant ses yeux, *Laura Kasischke*
P1097. Foe, *J.M. Coetzee*
P1098. Les Dix Commandements, *Marc-Alain Ouaknin*
P1099. Errance, *Raymond Depardon*
P1100. Dr la Mort, *Jonathan Kellerman*
P1101. Tatouage à la fraise, *Lauren Henderson*
P1102. La Frontière, *Patrick Bard*
P1103. La Naissance d'une famille, *T. Berry Brazelton*
P1104. Une mort secrète, *Richard Ford*
P1105. Blanc comme neige, *George P. Pelecanos*
P1106. Jours tranquilles à Belleville, *Thierry Jonquet*
P1107. Amants, *Catherine Guillebaud*
P1108. L'Or du roi, *Arturo Perez-Reverte*
P1109. La Peau d'un lion, *Michael Ondaatje*
P1110. Funérarium, *Brigitte Aubert*
P1111. Requiem pour une ombre, *Andrew Klavan*
P1113. Tigre en papier, *Olivier Rolin*
P1114. Le Café Zimmermann, *Catherine Lépront*
P1115. Le Soir du chien, *Marie-Hélène Lafon*
P1116. Hamlet, pan, pan, pan, *Christophe Nicolas*
P1117. La Caverne, *José Saramago*
P1118. Un ami parfait, *Martin Suter*
P1119. Chang et Eng le double-garçon, *Darin Strauss*
P1120. Les Amantes, *Elfriede Jelinek*
P1121. L'Étoffe du diable, *Michel Pastoureau*
P1122. Meurtriers sans visage, *Henning Mankell*
P1123. Taxis noirs, *John McLaren*
P1124. La Revanche de Dieu, *Gilles Kepel*

P1125. À ton image, *Louise L. Lambrichs*
P1126. Les Corrections, *Jonathan Franzen*
P1127. Les Abeilles et la Guêpe, *François Maspero*
P1128. Les Adieux à la Reine, *Chantal Thomas*
P1129. Dondog, *Antoine Volodine*
P1130. La Maison Russie, *John le Carré*
P1131. Livre de chroniques, *António Lobo Antunes*
P1132. L'Europe en première ligne, *Pascal Lamy*
P1133. Les Nouveaux Maîtres du monde, *Jean Ziegler*
P1134. Tous des rats, *Barbara Seranella*
P1135. Des morts à la criée, *Ed Dee*
P1136. Allons voir plus loin, veux-tu ?, *Anny Duperey*
P1137. Les Papas et les Mamans, *Diastème*
P1138. Phantasia, *Abdelwahab Meddeb*
P1139. Métaphysique du chien, *Philippe Ségur*
P1140. Mosaïque, *Claude Delarue*
P1141. Dormir accompagné, *António Lobo Antunes*
P1142. Un monde ailleurs, *Stewart O'Nan*
P1143. Rocks Springs, *Richard Ford*
P1144. L'Ami de Vincent, *Jean-Marc Roberts*
P1145. La Fascination de l'étang, *Virginia Woolf*
P1146. Ne te retourne pas, *Karin Fossum*
P1147. Dragons, *Marie Desplechin*
P1148. La Médaille, *Lydie Salvayre*
P1149. Les Beaux Bruns, *Patrick Gourvennec*
P1150. Poids léger, *Olivier Adam*
P1151. Les Trapézistes et le Rat, *Alain Fleischer*
P1152. À livre ouvert, *William Boyd*
P1153. Péchés innombrables, *Richard Ford*
P1154. Une situation difficile, *Richard Ford*
P1155. L'éléphant s'évapore, *Haruki Murakami*
P1156. Un amour dangereux, *Ben Okri*
P1157. Le Siècle des communismes, *ouvrage collectif*
P1158. Funky Guns, *George P. Pelecanos*
P1159. Les Soldats de l'aube, *Deon Meyer*
P1160. Le Figuier, *François Maspero*
P1161. Les Passagers du Roissy-Express, *François Maspero*
P1162. Visa pour Shanghai, *Qiu Xiaolong*
P1163. Des dahlias rouge et mauve, *Frédéric Vitoux*
P1164. Il était une fois un vieux couple heureux
Mohammed Khaïr-Eddine

P1165. Toilette de chat, *Jean-Marc Roberts*
P1166. Catalina, *Florence Delay*
P1167. Nid d'hommes, *Lu Wenfu*
P1168. La Longue Attente, *Ha Jin*
P1169. Pour l'amour de Judith, *Meir Shalev*
P1170. L'Appel du couchant, *Gamal Ghitany*
P1171. Lettres de Drancy
P1172. Quand les parents se séparent, *Françoise Dolto*
P1173. Amours sorcières, *Tahar Ben Jelloun*
P1174. Sale Temps, *Sara Paretsky*
P1175. L'Ange du Bronx, *Ed Dee*
P1176. La Maison du désir, *France Huser*
P1177. Cytomégalovirus, *Hervé Guibert*
P1178. Les Treize Pas, *Mo Yan*
P1179. Le Pays de l'alcool, *Mo Yan*
P1180. Le Principe de Frédelle, *Agnès Desarthe*
P1181. Les Gauchers, *Yves Pagès*
P1182. Rimbaud en Abyssinie, *Alain Borer*
P1183. Tout est illuminé, *Jonathan Safran Foer*
P1184. L'Enfant zigzag, *David Grossman*
P1185. La Pierre de Rosette, *Robert Solé et Dominique Valbelle*
P1186. Le Maître de Pétersbourg, *J.M. Coetzee*
P1187. Les Chiens de Riga, *Henning Mankell*
P1188. Le Tueur, *Eraldo Baldini*
P1189. Un silence de fer, *Marcello Fois*
P1190. La Filière du jasmin, *Denise Hamilton*
P1191. Déportée en Sibérie, *Margarete Buber-Neumann*
P1192. Les Mystères de Buenos Aires, *Manuel Puig*
P1193. La Mort de la phalène, *Virginia Woolf*
P1194. Sionoco, *Leon de Winter*
P1195. Poèmes et Chansons, *Georges Brassens*
P1196. Innocente, *Dominique Souton*
P1197. Taking Lives / Destins violés, *Michael Pye*
P1198. Gang, *Toby Litt*
P1199. Elle est partie, *Catherine Guillebaud*
P1200. Le Luthier de Crémone, *Herbert Le Porrier*
P1201. Le Temps des déracinés, *Elie Wiesel*
P1202. Les Portes du sang, *Michel del Castillo*
P1203. Featherstone, *Kirsty Gunn*
P1204. Un vrai crime pour livres d'enfants, *Chloe Hooper*
P1205. Les Vagabonds de la faim, *Tom Kromer*

P1206. Mister Candid, *Jules Hardy*
P1207. Déchaînée, *Lauren Henderson*
P1208. Hypnose mode d'emploi, *Gérard Miller*
P1209. Corse, *Jean-Noël Pancrazi et Raymond Depardon*
P1210. Le Dernier Viking, *Patrick Grainville*
P1211. Charles et Camille, *Frédéric Vitoux*
P1212. Siloé, *Paul Gadenne*
P1213. Bob Marley, *Stephen Davies*
P1214. Ça ne peut plus durer, *Joseph Connolly*
P1215. Tombe la pluie, *Andrew Klavan*
P1216. Quatre Soldats, *Hubert Mingarelli*
P1217. Les Cheveux de Bérénice, *Denis Guedj*
P1218. Les Garçons d'en face, *Michèle Gazier*
P1219. Talion, *Christian de Montella*
P1220. Les Images, *Alain Rémond*
P1221. La Reine du Sud, *Arturo Perez-Reverte*
P1222. Vieille Menteuse, *Anne Fine*
P1223. Danse, danse, danse, *Haruki Murakami*
P1224. Le Vagabond de Holmby Park, *Herbert Lieberman*
P1225. Des amis haut placés, *Donna Leon*
P1226. Tableaux d'une ex., *Jean-Luc Benoziglio*
P1227. La Compagnie, le grand roman de la CIA, *Robert Little*
P1228. Chair et Sang, *Jonathan Kellerman*
P1230. Darling Lilly, *Michael Connelly*
P1231. Les Tortues de Zanzibar, *Giles Foden*
P1232. Il a fait l'idiot à la chapelle !, *Daniel Auteuil*
P1233. Lewis & Alice, *Didier Decoin*
P1234. Dialogue avec mon jardinier, *Henri Cueco*
P1235. L'Émeute, *Shashi Tharoor*
P1236. Le Palais des Miroirs, *Amitav Ghosh*
P1237. La Mémoire du corps, *Shauna Singh Baldwin*
P1238. Middlesex, *Jeffrey Eugenides*
P1239. Je suis mort hier, *Alexandra Marinina*
P1240. Cendrillon, mon amour, *Lawrence Block*
P1241. L'Inconnue de Baltimore, *Laura Lippman*
P1242. Berlinale Blitz, *Stéphanie Benson*
P1243. Abattoir 5, *Kurt Vonnegut*
P1244. Catalogue des idées reçues sur la langue
Marina Yaguello
P1245. Tout se paye, *Georges P. Pelacanos*
P1246. Autoportrait à l'ouvre-boîte, *Philippe Ségur*

P1247. Tout s'avale, *Hubert Michel*
P1248. Quand on aime son bourreau, *Jim Lewis*
P1249. Tempête de glace, *Rick Moody*
P1250. Dernières Nouvelles du bourbier, *Alexandre Ikonnikov*
P1251. Le Rameau brisé, *Jonathan Kellerman*
P1252. Passage à l'ennemie, *Lydie Salvayre*
P1253. Une saison de machettes, *Jean Hatzfeld*
P1254. Le Goût de l'avenir, *Jean-Claude Guillebaud*
P1255. L'Étoile d'Alger, *Aziz Chouaki*
P1256. Cartel en tête, *John McLaren*
P1257. Sans penser à mal, *Barbara Seranella*
P1258. Tsili, *Aharon Appelfeld*
P1259. Le Temps des prodiges, *Aharon Appelfeld*
P1260. Ruines-de-Rome, *Pierre Sengès*
P1261. La Beauté des loutres, *Hubert Mingarelli*
P1262. La Fin de tout, *Jay McInerney*
P1263. Jeanne et les siens, *Michel Winock*
P1264. Les Chats mots, *Anny Duperey*
P1265. Quand j'avais cinq ans, je m'ai tué, *Howard Buten*
P1266. Vers l'âge d'homme, *J.M. Coetzee*
P1267. L'Invention de Paris, *Eric Hazan*
P1268. Chroniques de l'oiseau à ressort, *Haruki Murakami*
P1269. En crabe, *Günter Grass*
P1270. Mon père, ce harki, *Dalila Kerchouche*
P1271. Lumière morte, *Michael Connelly*
P1272. Détonations rapprochées, *C.J. Box*
P1273. Lorsque la nature parlait aux Égyptiens
Christiane Desroches Noblecourt
P1274. Le Tribunal des Flagrants Délires 1
Pierre Desproges
P1275. Le Tribunal des Flagrants Délires 2
Pierre Desproges
P1276. Un amant naïf et sentimental, *John le Carré*
P1277. Fragiles, *Philippe Delerm et Martine Delerm*
P1278. La Chambre blanche, *Christine Jordis*
P1279. Adieu la vie, adieu l'amour, *Juan Marsé*
P1280. N'entre pas si vite dans cette nuit noire
António Lobo Antunes
P1281. L'Évangile selon saint Loubard, *Guy Gilbert*
P1282. La femme qui attendait, *Andreï Makine*
P1283. Les Candidats, *Yun Sun Limet*

P1284. Petit Traité de désinvolture, *Denis Grozdanovitch*
P1285. Personne, *Linda Lê*
P1286. Sur la photo, *Marie-Hélène Lafon*
P1287. Le Mal du pays, *Patrick Roegiers*
P1288. Politique, *Adam Thirlwell*
P1289. Érec et Énide, *Manuel Vázquez Montalbán*
P1290. La Dormeuse de Naples, *Adrien Goetz*
P1291. Le croque-mort a la vie dure, *Tim Cockey*
P1292. Pretty Boy, *Lauren Henderson*
P1293. La Vie sexuelle en France, *Janine Mossuz-Lavau*
P1294. Souvenirs obscurs d'un Juif polonais né en France
Pierre Goldman
P1295. Dans l'alcool, *Thierry Vimal*
P1296. Le Monument, *Claude Duneton*
P1297. Mon nerf, *Rachid Djaïdani*
P1298. Plutôt mourir, *Marcello Fois*
P1299. Les pingouins n'ont jamais froid, *Andreï Kourkov*
P1300. La Mitrailleuse d'argile, *Viktor Pelevine*
P1301. Un été à Baden-Baden, *Leonid Tsypkin*
P1302. Hasard des maux, *Kate Jennings*
P1303. Le Temps des erreurs, *Mohammed Choukri*
P1304. Boumkœur, *Rachid Djaïdani*
P1305. Vodka-Cola, *Irina Denejkina*
P1306. La Lionne blanche, *Henning Mankell*
P1307. Le Styliste, *Alexandra Marinina*
P1308. Pas d'erreur sur la personne, *Ed Dee*
P1309. Le Casseur, *Walter Mosley*
P1310. Le Dernier Ami, *Tahar Ben Jelloun*
P1311. La Joie d'Aurélie, *Patrick Grainville*
P1312. L'Aîné des orphelins, *Tierno Monénembo*
P1313. Le Marteau pique-cœur, *Azouz Begag*
P1314. Les Âmes perdues, *Michael Collins*
P1315. Écrits fantômes, *David Mitchell*
P1316. Le Nageur, *Zsuzsa Bánk*
P1317. Quelqu'un avec qui courir, *David Grossman*
P1318. L'Attrapeur d'ombres, *Patrick Bard*
P1319. Venin, *Saneh Sangsuk*
P1320. Le Gone du Chaâba, *Azouz Begag*
P1321. Béni ou le paradis privé, *Azouz Begag*
P1322. Mésaventures du Paradis
Erik Orsenna et Bernard Matussière

P1323. L'Âme au poing, *Patrick Rotman*
P1324. Comedia Infantil, *Henning Mankell*
P1325. Niagara, *Jane Urquhart*
P1326. Une amitié absolue, *John le Carré*
P1327. Le Fils du vent, *Henning Mankell*
P1328. Le Témoin du mensonge, *Mylène Dressler*
P1329. Pelle le Conquérant 1, *Martin Andersen Nexø*
P1330. Pelle le Conquérant 2, *Martin Andersen Nexø*
P1331. Mortes-Eaux, *Donna Leon*
P1332. Déviances mortelles, *Chris Mooney*
P1333. Les Naufragés du Batavia, *Simon Leys*
P1334. L'Amandière, *Simonetta Agnello Hornby*
P1335. C'est en hiver que les jours rallongent, *Joseph Bialot*
P1336. Cours sur la rive sauvage, *Mohammed Dib*
P1337. Hommes sans mère, *Hubert Mingarelli*
P1338. Reproduction non autorisée, *Marc Vilrouge*
P1339. S.O.S., *Joseph Connolly*
P1340. Sous la peau, *Michel Faber*
P1341. Dorian, *Will Self*
P1342. Le Cadeau, *David Flusfeder*
P1343. Le Dernier Voyage d'Horatio II, *Eduardo Mendoza*
P1344. Mon vieux, *Thierry Jonquet*
P1345. Lendemains de terreur, *Lawrence Block*
P1346. Déni de justice, *Andrew Klavan*
P1347. Brûlé, *Leonard Chang*
P1348. Montesquieu, *Jean Lacouture*
P1349. Stendhal, *Jean Lacouture*
P1350. Le Collectionneur de collections, *Henri Cueco*
P1351. Camping, *Abdelkader Djemaï*
P1352. Janice Winter, *Rose-Marie Pagnard*
P1353. La Jalousie des fleurs, *Ysabelle Lacamp*
P1354. Ma vie, son œuvre, *Jacques-Pierre Amette*
P1355. Lila, Lila, *Martin Suter*
P1356. Un amour de jeunesse, *Ann Packer*
P1357. Mirages du Sud, *Nedim Gürsel*
P1358. Marguerite et les Enragés
Jean-Claude Lattès et Éric Deschodt
P1359. Los Angeles River, *Michael Connelly*
P1360. Refus de mémoire, *Sarah Paretsky*
P1361. Petite Musique de meurtre, *Laura Lippman*
P1362. Le Cœur sous le rouleau compresseur, *Howard Buten*

P1363. L'Anniversaire, *Mouloud Feraoun*
P1364. Passer l'hiver, *Olivier Adam*
P1365. L'Infamille, *Christophe Honoré*
P1366. La Douceur, *Christophe Honoré*
P1367. Des gens du monde, *Catherine Lépront*
P1368. Vent en rafales, *Taslima Nasreen*
P1369. Terres de crépuscule, *J. M. Coetzee*
P1370. Lizka et ses hommes, *Alexandre Ikonnikov*
P1371. Le Châle, *Cynthia Ozick*
P1372. L'Affaire du Dahlia noir, *Steve Hodel*
P1373. Premières Armes, *Faye Kellerman*
P1374. Onze Jours, *Donald Harstad*
P1375. Le croque-mort préfère la bière, *Tim Cockey*
P1376. Le Messie de Stockholm, *Cynthia Ozick*
P1377. Quand on refuse on dit non, *Ahmadou Kourouma*
P1378. Une vie française, *Jean-Paul Dubois*
P1379. Une année sous silence, *Jean-Paul Dubois*
P1380. La Dernière Leçon, *Noëlle Châtelet*
P1381. Folle, *Nelly Arcan*
P1382. La Hache et le Violon, *Alain Fleischer*
P1383. Vive la sociale !, *Gérard Mordillat*
P1384. Histoire d'une vie, *Aharon Appelfeld*
P1385. L'Immortel Bartfuss, *Aharon Appelfeld*
P1386. Beaux seins, belles fesses, *Mo Yan*
P1387. Séfarade, *Antonio Muñoz Molina*
P1388. Le Gentilhomme au pourpoint jaune
Arturo Pérez Reverte
P1389. Ponton à la dérive, *Daniel Katz*
P1390. La Fille du directeur de cirque, *Jostein Gaarder*
P1391. Pelle le Conquérant 3, *Martin Andersen Nexø*
P1392. Pelle le Conquérant 4, *Martin Andersen Nexø*
P1393. Soul Circus, *George P. Pelecanos*
P1394. La Mort au fond du canyon, *C. J. Box*
P1395. Recherchée, *Karin Alvtegen*
P1396. Disparitions à la chaîne, *Åke Smedberg*
P1397. Bardo or not bardo, *Antoine Volodine*
P1398. La Vingt-septième Ville, *Jonathan Franzen*
P1399. Pluie, *Kirsty Gunn*
P1400. La Mort de Carlos Gardel, *António Lobo Antunes*
P1401. La Meilleure Façon de grandir, *Meir Shalev*
P1402. Les Plus Beaux Contes zen, *Henri Brunel*

P1403. Le Sang du monde, *Catherine Clément*
P1404. Poétique de l'égorgeur, *Philippe Ségur*
P1405 La Proie des âmes, *Matt Ruff*
P1406. La Vie invisible, *Juan Manuel de Prada*
P1407. Qu'elle repose en paix, *Jonathan Kellerman*
P1408. Le Croque-mort à tombeau ouvert, *Tim Cockey*
P1409. La Ferme des corps, *Bill Bass*
P1410. Le Passeport, *Azouz Begag*
P1411. La station Saint Martin est fermée au public
Joseph Bialot
P1412. L'Intégration, *Azouz Begag*
P1413. La Géométrie des sentiments, *Patrick Roegiers*
P1414. L'Ame du chasseur, *Deon Meyer*
P1415. La Promenade des délices, *Mercedes Deambrosis*
P1416. Un après-midi avec Rock Hudson
Mercedes Deambrosis
P1417. Ne gênez pas le bourreau, *Alexandra Marinina*
P1418. Verre cassé, *Alain Mabanckou*
P1419. African Psycho, *Alain Mabanckou*
P1420. Le Nez sur la vitre, *Abdelkader Djemaï*
P1421. Gare du Nord, *Abdelkader Djemaï*
P1422. Le Chercheur d'Afriques, *Henri Lopes*
P1423. La Rumeur d'Aquitaine, *Jean Lacouture*
P1425. Un saut dans le vide, *Ed Dee*
P1426. En l'absence de Blanca, *Antonio Muñoz Molina*
P1427. La Plus Belle Histoire du bonheur, *collectif*
P1424. Une soirée, *Anny Duperey*
P1429. Comment c'était. Souvenirs sur Samuel Beckett
Anne Atik
P1430. Suite à l'hôtel Crystal, *Olivier Rolin*
P1431. Le Bon Serviteur, *Carmen Posadas*
P1432. Traité de savoir-vivre à l'usage des jeunes Russes
Gary Shteyngart
P1433. C'est égal, *Agota Kristof*
P1434. Le Nombril des femmes
Dominique Quessada
P1435. L'Enfant à la luge, *Chris Mooney*
P1436. Encres de Chine, *Qiu Xiaolong*
P1437. Enquête de mor(t)alité, *Gene Riehl*
P1438. Le Château du roi dragon, La Saga du roi dragon I
Stephen Lawhead

P1439. Les Armes des Garamont, La Malerune I
Pierre Grimbert
P1440. Le Prince déchu, Les Enfants de l'Atlantide I
Bernard Simonay
P1441. Le Voyage d'Hawkwood, Les Monarchies divines I
Paul Kearney
P1442. Un trône pour Hadon, Le Cycle d'Opar I
Philip-José Farmer
P1443. Fendragon, *Barbara Hambly*
P1444. Les Brigands de la forêt de Skule, *Kerstin Ekman*
P1445. L'Abîme, *John Crowley*
P1446. Œuvre poétique, *Léopold Sédar Senghor*
P1447. Cadastre, *suivi de* Moi, Laminaire…, *Aimé Césaire*
P1448. La Terre vaine et autres poèmes, *Thomas Stearns Eliot*
P1449. Le Reste du voyage et autres poèmes, *Bernard Noël*
P1450. Haïkus, *anthologie*
P1451. L'Homme qui souriait, *Henning Mankell*
P1452. Une question d'honneur, *Donna Leon*
P1453. Little Scarlet, *Walter Mosley*
P1454. Elizabeth Costello, *J.M. Coetzee*
P1455. Le maître a de plus en plus d'humour, *Mo Yan*
P1456. La Femme sur la plage avec un chien, *William Boyd*
P1457. Accusé Chirac, levez-vous !, *Denis Jeambar*
P1458. Sisyphe, roi de Corinthe, *François Rachline*
P1459. Le Voyage d'Anna, *Henri Gougaud*
P1460. Le Hussard, *Arturo Pérez-Reverte*
P1461. Les Amants de pierre, *Jane Urquhart*
P1462. Corcovado, *Jean-Paul Delfino*
P1463. Hadon, le guerrier, Le Cycle d'Opar II, *Philip José Farmer*
P1464. Maîtresse du Chaos, La Saga de Raven I
Robert Holdstock et Angus Wells
P1465. La Sève et le Givre, *Léa Silhol*
P1466. Élégies de Duino *suivi de* Sonnets à Orphée
Rainer Maria Rilke
P1467. Rilke, *Philippe Jaccottet*
P1468. C'était mieux avant, *Howard Buten*
P1469. Portrait du Gulf Stream, *Érik Orsenna*
P1470. La Vie sauve, *Lydie Violet et Marie Desplechin*
P1471. Chicken Street, *Amanda Sthers*
P1472. Polococktail Party, *Dorota Maslowska*
P1473. Football factory, *John King*

P1474. Une petite ville en Allemagne, *John le Carré*
P1475. Le Miroir aux espions, *John le Carré*
P1476. Deuil interdit, *Michael Connelly*
P1477. Le Dernier Testament, *Philip Le Roy*
P1478. Justice imminente, *Jilliane Hoffman*
P1479. Ce cher Dexter, *Jeff Lindsay*
P1480. Le Corps noir, *Dominique Manotti*
P1481. Improbable, *Adam Fawer*
P1482. Les Rois hérétiques, Les Monarchies divines II
Paul Kearney
P1483. L'Archipel du soleil, Les Enfants de l'Atlantide II
Bernard Simonay
P1484. Code Da Vinci: l'enquête
Marie-France Etchegoin et Frédéric Lenoir
P1485. L.A. Confidentiel : les secrets de Lance Armstrong
Pierre Ballester et David Walsh
P1486. Maria est morte, *Jean-Paul Dubois*
P1487. Vous aurez de mes nouvelles, *Jean-Paul Dubois*
P1488. Un pas de plus, *Marie Desplechin*
P1489. D'excellente famille, *Laurence Deflassieux*
P1490. Une femme normale, *Émilie Frèche*
P1491. La Dernière Nuit, *Marie-Ange Guillaume*
P1492. Le Sommeil des poissons, *Véronique Ovaldé*
P1493. La Dernière Note, *Jonathan Kellerman*
P1494. La Cité des jarres, *Arnaldur Indridason*
P1495. Électre à la Havane, *Leonardo Padura*
P1496. Le croque-mort est bon vivant, *Tim Cockey*
P1497. Le Cambrioleur en maraude, *Lawrence Block*
P1498. L'Araignée d'émeraude, La Saga de Raven II
Robert Holdstock et Angus Wells
P1499. Faucon de mai, *Gillian Bradshaw*
P1500. La Tante marquise, *Simonetta Agnello Hornby*
P1501. Anita, *Alicia Dujovne-Ortiz*
P1502. Mexico City Blues, *Jack Kerouac*
P1503. Poésie verticale, *Roberto Juarroz*
P1506. Histoire de Rofo, Clown, *Howard Buten*
P1507. Manuel à l'usage des enfants qui ont des parents difficiles
Jeanne Van den Brouk
P1508. La Jeune Fille au balcon, *Leïla Sebbar*
P1509. Zenzela, *Azouz Begag*
P1510. La Rebellion, *Joseph Roth*